RAOUL DE LA GRASSERIE

LE
POÈME DE LA CLOCHE

POÈME

PARIS

C. DENTU, ÉDITEUR

LIBRAIRE DE LA SOCIÉTÉ DES GENS DE LETTRES

3, place de Valois, Palais Royal

—

1892

RAOUL DE LA GRASSERIE

LE

POÈME DE LA CLOCHE

POÈME

PARIS

C. DENTU, ÉDITEUR

LIBRAIRE DE LA SOCIÉTÉ DES GENS DE LETTRES

3, place de Valois, Palais Royal

1892

Louvain. — Typ. LEFEVER Frères et Sœur.

AU MAITRE, A FRANÇOIS COPPÉE,

AU POÈTE DES *HUMBLES*

A qui ce livre de vers est respectueusement dédié

Ils avaient chanté sur la lyre antique
Dieux, rois et seigneurs, peuple triomphant,
Plus tard ils chantaient le petit enfant,
Et la vierge frêle avait son cantique.

Ils dirent enfin le gueux héroïque,
Les nègres semés au souffle du vent,
Le mineur profond que la terre vend,
Et le misérable au crime stoïque.

Celui près de nous qui vit chaque jour,
L'Humble patient attendait son tour,
Nul n'avait senti le feu de son âme.

Le mousse, son chien, l'homme travailleur,
L'apparition douce de la femme,
Toi tu les chantas, c'était le meilleur.

RAOUL DE LA GRASSERIE.

LES CLOCHERS

LE CLOCHER.

Le clocher est le corps et la cloche c'est l'âme,
Pour entendre la cloche élevons le clocher ;
Bâtissons-le très haut les pieds dans le rocher,
Qu'aucun murmure humain ne puisse l'approcher,
Le clocher de la cloche est l'homme de la femme.

Il reçoit seul la brise et le torrent du ciel,
Lutte sous l'aquilon et perce la tourmente,
Là-bas tranquillement la cloche dort aimante,
Ou lentement oscille, elle se berce et chante,
Et le clocher combat, solide, essentiel.

Nous aimons le clocher, comme la belle cloche,
Car on le voit de loin, de loin elle s'entend,
Quand nous l'apercevons tout le cœur est content,
Plus le clocher grandit, plus la cloche s'étend,
Et plus l'homme s'élève, et plus Dieu même approche.

Le clocher c'est l'ami de granit et natal,
Plus qu'un ami de chair, sérieux et fidèle,
C'est la pierre levant vers les cieux un bout d'aile,
C'est contre les démons la forte citadelle,
C'est la patrie enfin et son amour fatal.

La petite patrie au sol enracinée,
Quand avant de mourir on revient la toucher,
On marche les regards fixés sur le clocher,
Et l'humble toit en l'herbe en vain veut se cacher,
Le clocher retrouvé montre la cheminée.

Parfois d'un jet hardi laissant ses clochetons
Le clocher monte droit, rejetant sa dentelle,
Par son aiguille nue, à l'étoile immortelle,
Au soleil en son plein, et sa hauteur est telle
Que les hommes d'en haut semblent tous avortons.

Parfois il est à jour, il ouvre sa poitrine,
Pour respirer l'air pur, l'air libre des sommets,
Alors rempli du ciel il ne s'endort jamais,
Il fait vibrer plus loin les chants que tu lui mets ;
Même une vie humaine entre dans sa narine.

Pour le faire monter il faut monter la tour,
Et pour que la tour monte il faut hausser l'église,

Et le clocher, la tour, la nef, tout rivalise,
Et la ligne gothique enfin se réalise,
Et l'on voit le clocher, le mur et l'âme à jour.

C'est le clocher géant de la grande patrie,
Celui qui de Strasbourg regardait l'Occident,
La flèche inaccessible à l'homme commandant,
Celle dont le tocsin des cieux arrive ardent,
C'est la flèche qui prie et la flèche qui crie.......

Mais mon petit clocher qui me voit de plus près
Et que nul n'a blessé, me calme et me console,
Il reste près de moi quand la cloche s'envole,
Et la petite croix qu'il porte est ma boussole,
Et vers lui revenu, je puis mourir après.

LE CAMPANILE

LA cloche est seule, elle est loin de la basilique,
Seule en son campanile au pays du soleil.
Italie, Italie, à la ligne gothique
Tu préféras le dôme avec la voûte antique,
A la courbe des cieux et des formes pareil,
Et le clocher d'un jet que suit toute l'église,
Regardant dédaigneux ton fronton et ta frise,
Un jour il se trouva tout seul à son réveil.

La tour est droite et nue et monte solitaire,
Tu ne voulus jamais l'orner, la lourde tour,
Car la coupole était jalouse sur la terre,
Et tu mis ta sculpture autour du baptistère,
Monument plus petit que caresse l'amour,
Que l'église conçut aux rayons de l'aurore ;
Mais la tour exilée et que nul ne décore
Reste seule et debout, et l'homme en fait le tour.

Souvent elle est si triste ah ! qu'elle s'est penchée
Très douloureusement en s'éloignant, hélas !
De l'église où Dieu même un jour l'avait perchée,
D'où l'homme sans hauteur l'a jadis arrachée,
A vivre loin des saints de marbre ne peut pas ;
Elle veut contempler et fresque et mosaïque,
Le carrare et l'argent, et l'or, et la relique,
Et pour les épier courbe son front en bas.....

C'est Pise... un large espace où tournent les merveil-
Sous le soleil ardent, reçoit et boit le feu ;   [les
Les monuments autour, comme au bord des corbeilles
Montent les fleurs de pourpre où paissent les abeilles;
C'est la place des saints, c'est la place de Dieu ;
Ici le campanile et là le baptistère,
Et le *campo santo*, la sainte, sainte terre ;
La prière alentour, le silence au milieu.

Le campanile, il est massif, carré, sans flamme,
Il monte cependant comme un pilier puissant,
Et sous sa rude pierre on sent passer une âme,
Il regarde l'église, ainsi qu'on voit la femme
Arrachée à sa chair, arrachée à son sang ;
Puis, pour se consoler de sa douleur trop sombre,
Il cherche à l'horizon l'Apennin et son ombre,
Il trouve la mer bleue et le ciel qui descend.

Il est debout encor, toujours, par un prodige,
Le Dieu de l'Italie entre ses mains le prend,
Dans son élan vaincu le garde et le dirige,
Comme une fleur pesante au sommet de la tige
Semble briser bientôt la plante au cœur souffrant,
Mais l'homme la retient le temps qu'elle fleurisse;
De même Dieu plaça, de peur qu'il ne périsse,
Au poids du campanile un contre-poids plus grand.

Et la tour consolée ouvre sa sonnerie;
Comme le ciel est bleu, là-bas le son est clair,
Car un air transparent déjà seul chante et prie,
Et l'église résonne en son orfèvrerie,
Le bronze de la nef et le cri de la chair
Jettent de vifs échos qui font vibrer la ville
Aux joyeux carillons venus du campanile,
Dans le pays où les soleils sont pleins d'éclair.

Il songe cependant, le brillant campanile,
Aux sublimes destins qu'a là-bas le clocher,
S'élevant au-dessus de la voûte imbécile
Autant que la montagne au-dessus de la ville,
Planant ainsi que l'aigle au-dessus du rocher,
Et chantant plus pour Dieu que pour l'homme qui
                                              [doute.....
Alors il veut le suivre et monter dans sa route,
Mais son frère est si haut qu'il ne peut l'approcher.

LA FLÈCHE DE STRASBOURG

STRASBOURG, ta flèche appelle et brave le tonnerre,
Le canon respectait ton clocher centenaire,
Ta haute cathédrale était libre et régnait,
Et le Rhin, large fleuve où le flot te fit naître,
Promenait son courant, seul seigneur et seul maître,
Et ton front s'y mirait et ton cœur s'y baignait.

Le Rhin, Strasbourg, l'Alsace avec sa cathédrale,
L'escalier de la tour dans sa longue spirale,
La cloche solitaire et l'unique clocher,
Tout respirait ainsi qu'une même personne,
Et le Rhin se hâtait lorsque la cloche sonne,
Et parmi les grands monts répondait le rocher.

Nulle main n'a monté plus haut une autre flèche
Avant nos jours de mort nul n'y fit une brèche :
Elle était vierge ainsi qu'un pic immaculé,

Göthe seul y voyait sans avoir un vertige,
Jamais fleur n'a vécu plus haute sur sa tige,
Et jamais de plus haut Dieu ne nous a parlé.

C'est la reine des temps, des merveilles gothiques,
Elle voit au-dessous les églises antiques
S'efforçant de monter, mais ne le pouvant plus,
Chartres, Amiens, Anvers, les splendides rivales
Viennent vers sa poitrine à larges intervalles,
Mais le ciel les arrête en nos jours de refus.

Seule, tu poursuivais la grande pyramide,
Devant qui le soleil même tombe timide,
Tu ne l'as pas connue. Ah ! tu pouvais lutter,
Et d'un tout petit pas, d'un seul jet de prière,
Tu dépassais l'Égypte et restais la première,
Mais Dieu ne bâtit plus, il fallait te hâter.

Comme une vierge étrange à l'unique mamelle
Ta flèche attend encor une flèche jumelle,
Et ton clocher appelle et désire un clocher,
Et ta cloche voudrait le son d'une autre cloche,
Mais éternellement en vain ton cœur s'approche,
Aucun pic ne surgit sur le second rocher.

Ainsi même en naissant tu semblas mutilée
Dans ta beauté parfaite et ta splendeur ailée,
Il te faudrait une aile encor pour être oiseau ;
Le maître refusa pour te laisser sur terre,
Et toujours d'un effort l'autre aile solitaire
Semble se soulever et chercher le ciseau.

C'est ainsi qu'à Milo la Vénus incomplète
Est plus mystérieuse, et telle à demi faite
La femme s'ébauchant s'achève dans le cœur,
Le regard te bâtit l'autre tour idéale,
Près la tour du midi c'est la tour boréale,
Tu jaillis tout entière en l'avenir vainqueur !

Je t'aime mieux ainsi peut-être, cloche unique,
Sans voile, sans entour, sans dentelle ou tunique,
Partout respirant l'air, partout ouverte au jour,
Et légère et solide et très audacieuse,
Des seuls bras suspendue en l'extase pieuse,
Insensée en ta gloire et sage en ton amour.

Autour de toi tournant sont tes quatre tourelles,
Sous leur aile étendue ainsi que tourterelles,
Et le jour les traverse, il est pur comme en toi ;

Au-dessous seulement commencent les parures
Et statue et rosace et vitraux et membrures,
Et les saints et tous ceux dont Dieu jadis fut roi.

Mais tu brilles bien plus, ô flèche toute nue,
Sur chacune des huit facettes sous la nue,
Et ta lanterne sainte, et ta couronne, et puis
Ton fleuron et sa fleur, puis parmi le vertige
La croix qui règne enfin plus haute que la tige,
Qu'on voit parmi le jour et qui voit dans les nuits.

Elle plonge ses bras vers l'horizon immense,
Puis elle les ramène à la terre de France
Où meurent ses héros, où dorment ses enfants,
Parmi sa rêverie, avant qu'elle s'achève
Dans une sonnerie un son soudain s'élève,
C'est la cloche qui sait des refrains triomphants...

Hélas !... ah ! pour toujours notre cloche est perdue,
Car la foudre divine un jour est descendue,
Notre clocher sentit l'atteinte du canon,
Et la flèche reçut sa première blessure,
Et la voûte des cieux désormais n'est plus sûre,
Et si nous prions Dieu, la cloche nous dit : non !

Adieu, Strasbourg ! Adieu, l'Alsace ! Adieu, la gloire,
Ta vieille cathédrale et toute notre histoire,
Adieu ta flèche sainte, et ton fleuve, le Rhin !
En vain nous attendons qu'un jour ta cloche sonne,
Aux cieux pour la mouvoir ne passe plus personne,
Le bronze manque à Dieu, comme aux français l'ai-
[rain.

LES CLOCHES

NAISSANCE DE LA CLOCHE.

ARMI ton mâle vers de bronze sans reproche
Tu chantas, ô Schiller, les vertus de la cloche
Naissante ; te faisant et mineur et fondeur
D'abord tu descendis jusqu'en la profondeur
Où dorment lentement les métaux impassibles
Dans leur gangue, attendant les destins impossibles,
Et le cuivre et l'or brut, et le fer et l'argent,
Et le plomb qui devient parfois intelligent.
Là de ta propre main tu travaillais sans honte,
Tes rudes compagnons avaient l'âme moins
                                    [prompte.....
Grave tu remontas vers la splendeur des cieux,
Avec le lourd trésor, richesse des aïeux,
Qui mouraient par le fer et vivaient par le cuivre,
Tandis qu'il nous faut l'or, l'or pour mourir et vivre ;
Et dans la fonderie alors tu t'enfermais,
Et le feu s'allumait plus brûlant que jamais,

2

Incandescent ; le feu qui ne fait pas de flamme,
Le feu du vase clos fermentait dans ton âme,
Le métal se levait frémissant pour bouillir,
Et dans sa pesanteur ne pouvait pas jaillir,
On l'entendait gronder et se coller au moule,
Comme si l'on eût mis en prison de la houle ;
Et ton vers surhumain au métallique éclat
Se gonflant, retombant, avant qu'il ne coulât,
Mêlé parmi l'acier semblait de même fonte,
Quand il veut s'échapper le couvercle le dompte,
Ses ailes s'envolant sont des ailes de plomb,
Tu le pris en la mine au plus profond filon,
Il est de bon aloi, de généreuse race,
Et la pensée en lui pourra graver sa trace ;
Tu le fais dans le moule impérieux bondir,
Par une pression immense s'alourdir,
Diminuer aux feux intenses des fournaises,
Des œuvres du génie endurer les génèses,
Et souffrir, et vouloir et ne pouvoir encor,
Pour qu'il sorte parfait au jour où l'œuvre sort.
Jamais on n'a senti d'union plus intime
Entre le son du fer et le son de la rime,
Le métal s'arrêtant, la strophe haletant,
La cuisson qui s'avance et le refrain content,
Le feu qui refroidit, et la chanson plus lente,
La houille qu'on enfourne et l'âme violente,
Et l'on croirait souvent si tu ne chantais pas

Que cette poésie est faite avec tes bras.
Ton rythme s'est formé, comme un bronze se forme,
De métaux confondus dans la flambée énorme,
Il résonne à la fois des sons les plus divers,
Mais les plus éclatants ce sont les sons de fers,
Les sons qui font écho dans les grands cœurs stoïques,
Car tes vers, ô Schiller, sont des vers héroïques.
Et comme si la cloche allait changer de nom,
La tienne avait parfois le bruit sourd du canon.
Mais souvent le Germain redevenait un homme ,
C'est ce qui fait encor que je t'aime et te nomme,
Schiller, car tous les chants profonds ou gracieux
Du nord ou du midi peuvent s'unir entre eux,
On peut à l'unisson du plus lointain du monde
Trouver à la voix juste une voix qui réponde,
Et quoique sur nos morts tes morts en tas soient mis,
Salut, toi qui vivais avant nos ennemis !

Quand le génie a dit, tout autre doit se taire,
Tu chantas la naissance et la venue en terre,
Et la venue au sol, et la venue au ciel
De la cloche, au moment unique, essentiel,
Où l'être aérien souffre et peine pour naître,
Ce tourment qu'un génie a seul droit de connaître,
Et comme à cet instant j'étais près de toucher,
J'ai senti que de toi je voulais m'approcher,

Que j'allais ébaucher une pâle copie,
Soudain j'ai reculé devant cette œuvre impie.
Et seul dans mon néant je restais isolé.....
Oh ! Schiller, je n'irai qu'où tu n'es pas allé,
De la création conserve la fournaise ;
Je chanterai la cloche au sortir de sa braise
Et quand elle sera mise dans son clocher.
C'est là que pour mon cœur je viendrai la chercher,
Non pas comme tu fis dans la profonde terre
Pour lui donner sa voix qui ne peut plus se taire.....
Seulement pour l'entendre en toute sa beauté,
Si sombre en nos malheurs, si claire en notre été,
Et sous le ciel de France où le tonnerre pèse,
Je dirai tous les sons de la cloche française.

BAPTÊME DE LA CLOCHE

Hier un métal, demain un cristal,
La cloche à son tour reçut le baptême,
Elle avait vécu dans le bloc brutal,
Hier un métal, demain un cristal.
Elle a laissé loin le filon natal,
Et la gangue impure où naît l'or lui-même ;
Hier un métal, demain un cristal,
La cloche à son tour reçut le baptême.

Elle prit un nom comme un être humain,
Comme un être humain subit la naissance,
On mit doucement ses pas en chemin,
On la conduisit d'abord par la main,
Puis elle vola par pleine puissance,
Elle prit un nom comme un être humain,
Comme un être humain subit la naissance.

Et son timbre apprit le son des douleurs,
Les sons inouïs de notre détresse,
Les jours de tempête on entend ses pleurs,
Et son timbre apprit le son des douleurs.
Elle a nos bonheurs, elle a nos malheurs,
Mais sous son airain cache sa tendresse ;
Et son timbre apprit le son des douleurs,
Les sons inouïs de notre détresse.

La massive masse a tant de douceur,
Que son bronze même est ce qui console,
Elle parle ainsi que parle une sœur.
La massive masse a tant de douceur
Qu'on sent sa caresse au milieu du cœur,
Lorsque sa volée en passant nous frôle.
La massive masse a tant de douceur
Que son bronze même est ce qui console.

La cloche naquit et vit comme nous,
Plus forte pourtant, aussi plus sensible,
Nul ne l'a bercée entre ses genoux,
La cloche naquit et vit comme nous,
Mais elle est plus dure et ses sons plus doux,
Seule elle a trouvé la note impossible,
La cloche naquit et vit comme nous,
Plus forte pourtant, aussi plus sensible.

C'est son premier jour, sa première nuit,
Ce sera demain sa première aurore,
Son vagissement n'est encor qu'un bruit,
C'est son premier jour, sa première nuit ;
Les enfants mourront, la cloche les suit,
Une autre viendra d'airain plus sonore ;
C'est son premier jour, sa première nuit,
Ce sera demain sa première aurore.

MARIAGE DE LA CLOCHE

LA cloche a choisi pour sa grande fête
        Sa robe d'argent et son timbre clair,
Elle est vive et douce, aimante et coquette,
Le jour a grandi, sa toilette est faite,
La voilà qui tremble et vibre au grand air.

La cloche aujourd'hui sera mariée,
Fera son serment en face du ciel,
La douleur humaine elle l'a criée,
D'aimer à son tour l'homme l'a priée
D'un amour de bronze, amour éternel.

Elle est vierge encore, elle sera veuve,
Les avenirs noirs sur elle viendront,
Mais sa voix est pure et sa chair est neuve,
Il suffit d'en haut qu'un souffle la meuve,
Et son battement est sincère et prompt.

Elle est belle ; en haut de son envolée
Quand ses grelots d'or feront retentir
Son âme d'airain et sa note ailée,
C'est qu'elle n'est plus la cloche isolée,
Et rien ne pourra plus l'appesantir.

Elle sent qu'elle aime, elle sent qu'on l'aime,
Qu'à son cœur vibrant vibre un autre cœur,
Cette cloche, c'est une femme même,
Elle aura son glas, elle eut son baptême,
Aujourd'hui son chant d'amour est vainqueur.

Et sa gamme monte et monte sans cesse,
Elle a dépassé tous les chants humains,
Et les violons à haute caresse,
Et les clairons clairs que la lèvre presse,
Elle qui chanta sans bouche et sans mains.

Elle a vite atteint la note dernière
Où le clavier peut un instant frémir
D'une note aiguë ; elle, elle est plénière,
Elle a pris aux vents leur grande manière,
En montant toujours semble s'affermir.

Dans sa joie elle eut la note impossible,
Jusqu'au bleu du ciel qui va pénétrer,

L'espace au-delà lui devient la cible,
Elle est d'un métal qui fut invincible,
Elle est d'un métal qui peut respirer.

Sa note est si claire, et perçante et douce
Qu'on voudrait la voir descendre chez nous,
Mais toujours plus haut à chaque secousse
L'amour infini vers le ciel la pousse,
Et nous la cherchons encor à genoux.

Sa note est subtile ainsi qu'un sourire
Qu'à peine à la lèvre on a vu passer,
Le temps d'esquisser ce que voulait dire
Une femme aimée où le ciel se mire
Et que le regard n'a pu retracer.

Mais elle est pourtant vibrante et mordante,
Comme un rire franc, comme un rire clair,
La petite cloche aimante est ardente,
Et son tintement si hardi me tente,
Et je la suivrais jusqu'au haut de l'air.

Je sens son cœur battre en son fier corsage ;
Parmi sa pudeur de bronze et d'airain,
Le rayon du ciel a trouvé passage,

La cloche de Dieu c'est la cloche sage,
Elle est mariée et dit son refrain.

C'est jour de sa noce ; au-dessus du prêtre
Cette fiancée en Dieu seul a cru ;
Du haut du clocher plus haut que le hêtre
Elle a vers ses yeux ouvert la fenêtre,
Et Dieu l'a bénie, aux cieux apparu.

Dieu lui fit l'anneau passé dans la pierre
Qui toujours la tient en sa sainte tour,
Versa sur son front les traits de lumière,
Et mit en son cœur des flots de prière,
Et lui seul lui dit les mots de l'amour.

La cloche est l'épouse, épouse fidèle
A son maître aimé qui l'aimera bien,
L'appelle souvent par un grand coup d'aile,
La note jaillit comme une étincelle,
Retombe sur nous quand Dieu ne dit rien.

MORT DE LA CLOCHE

LE jour viendra, ce jour se hâte de venir,
　Où la cloche n'est plus au fond du souvenir,
Qu'une ombre, qu'un écho qui doit même finir.

Avant que le ciel passe et que meure la terre,
La cloche en son clocher deviendra solitaire,
Puis sa fonte se fèle et son bronze s'altère.

Avant que le trompette ait enfin retenti,
‑Avant que de créer Dieu se soit repenti,
Le chant joyeux et clair de sa lèvre est parti.

Avant que sur les morts dont nul ne sait le nombre
Chaque étoile soit pâle et chaque soleil sombre,
Le clocher délaissé ne sera qu'un décombre.

Avant que le malheur le plus haut ait neigé,
Avant que chaque cœur, que toute âme ait changé,
La cloche ailée aura dans le ciel naufragé...

Mais d'abord tristement dans la longue journée
Elle se sera tue hélas ! abandonnée,
Seulement par l'orgueil et le luxe menée.

Ceux qui l'ébranleront ne l'écouteront pas
Quand ils auront payé le bruit du branlebas,
Qu'ils auront hérité des promesses du glas.

Très rare deviendra parmi la sonnerie
Celle qui dans le cœur vient se fondre attendrie,
Qui descend et qui pleure, ou qui monte et qui prie.

Pour naître et pour mourir enfin, puis seulement
Pour mourir, un seul jour voyant le firmament,
Le fils de notre fils la tient un seul moment.

La dernière chanson, une chanson de plainte
Sonnera lentement en sa volée éteinte
Dans des temps où l'argent, où l'or seul tinte et tinte.

L'homme devient méchant, Dieu même n'est plus bon,
Quand elle appellera, le cœur lui dira non ;
Le bronze de sa chair nourrira le canon.

La cloche est inutile et le clocher de même,
Il ne laboure point, pas plus qu'elle ne sème,
Il ne moissonne pas. Que fait-il donc ? Il aime.

Mais l'amour est passé, ne retournera plus,
Les évolutions n'ont jamais de reflux,
Les temps, les temps viendront hélas ! qu'ils ont
                                  [voulus.

La flèche de Strasbourg déjà s'en est allée
Dans le pays qui l'a pour la honte appelée ;
L'église tremblera sous la cloche envolée,

Et la tour descendra, le ciel sera plus bas,
La nef voudra monter, mais ne le pourra pas,
Et le dôme à son tour plongera pas à pas.

La statue où le saint échappe encore au doute
Sentira sur son front peser la grande voûte,
Le mur retournera lentement sur sa route.

Les saintes au cœur clair, aux formes que Dieu voit,
Dans le temple désert sans prière auront froid,
Comme dans un tombeau que l'humidité boit.

Les anges s'en iront en des terres nouvelles,
Comme font les oiseaux, en secouant leurs ailes,
Il n'en restera plus qu'aux timides chapelles.

Comme aux jours de l'hiver périssent toutes fleurs,
Les vitraux fleurissant éteindront leurs couleurs,
Rien ne veillera plus les deuils et les douleurs.

Le grand pilier massif à son tour ploie et tremble
Quand la tête pâtit, tout le corps souffre ensemble,
Le temple vit, à l'homme, à la femme ressemble.

Il va bientôt tomber jusqu'au ras de l'autel,
Encore il retiendra le trésor immortel,
Et dans ses premiers jours plus sublime il fut tel.

Celui qui monte, haut toujours et plus haut monte,
Mais celui qui descend, sans répit et sans compte,
Descend dans le malheur, et de là dans la honte.

Il ne s'arrête pas même touchant au sol,
Parmi la boue humide il s'enfonce à plein col,
Jusque sous les enfers il recule son vol.

Du grand arbre abattu s'arrache la racine,
On va la recherchant d'une main assassine.
Jusqu'en l'ombre dormant sous la terre voisine.

Ainsi l'on poursuivra jusqu'en ses fondements
La vaste cathédrale en ces derniers moments
Où l'homme contre Dieu fera les monuments ;

Et Babel montera, mais de sa tour maîtresse
Nul ne consolera l'homme dans sa détresse,
Il se plaindra tout seul si la cloche le laisse.

Car il l'appellera la cloche dans ses cris,
Il voudra la placer dans les nouveaux abris,
Mais l'or s'entendra seul, l'amour n'est plus compris.

Avant que le ciel passe et que meure la terre
Lourdement soulevée on l'entendra se taire,
Puis le cœur à son tour se taira solitaire.

Le jour viendra, ce jour se hâte de venir,
Où la cloche n'est plus au fond du souvenir
Qu'une ombre, qu'un écho qui doit même finir.

LA CLOCHETTE

LA cloche est une clochette,
  Elle est au milieu du champ
Sur le chêne et la noisette.

Dans sa petite logette
Elle dit un joyeux chant.
La cloche est une clochette.

Elle rit comme Lisette
De l'aube au soleil couchant
Sur le chêne et la noisette.

Vers le ciel elle projette
Sa flèche sur lui tranchant.
Le cloche est une clochette.

Elle s'arrondit, grassette,
Elle n'a point l'air méchant
Sur le chêne et la noisette.

Elle irait dans la pochette
D'Ariel la détachant ;
La cloche est une clochette.

Quand résonne sa cassette
On entend l'or et l'argent
Sur le chêne et la noisette.

Mais ce n'est point en cachette,
Elle donne à l'indigent.
La cloche est une clochette.

Dans le castel tout en fête
Elle va haut se perchant
Sur le chêne et la noisette.

Hélas ! le castel s'achète,
La cloche tombe au marchand,
La cloche est une clochette.

Elle tourne sa facette,
Elle éteint son dernier chant
Sur le chêne et la noisette.
La cloche est une clochette.

LE BOURDON

Le bourdon bourdonnant parmi sa grosse cage
　　Frappe de tous côtés les ondes de l'éther,
Il pénètre le sol, il pénètre la chair,
Du tonnerre profond, du canon c'est l'image.

Par tremblement de bronze, émotion de fer,
Et palpitation de l'acier sur la fonte,
Dans la pesante masse en un vol lourd il monte,
Puis il semble descendre et chanter sous l'enfer.

C'est une histoire grave et sainte qu'il raconte,
Il trouve les échos de l'ancien souvenir,
Ou plonge sous les temps au dernier avenir,
C'est le son qui nous tient le cœur et qui le dompte.

Comme on étend les mains et les bras pour bénir
Il a tout recouvert de sonorité large ;

Comme un nuage noir de tempête se charge,
Il roule sourdement et gronde pour punir.

Il visite le ciel et l'infini sans marge,
Avance lentement comme un puissant oiseau,
Coupe l'Océan d'air en un bruyant faisceau,
La massive envolée est comme une décharge.

Dans son timbre on entend le torrent du ruisseau,
Le ressac de la mer, la chute d'avalanche,
Et le rugissement d'un lion en revanche,
Sa colère qui monte et sort par son naseau,

Et le crépitement des flammes dans la branche,
Le vaste écroulement des rochers élancés,
Et le balancement des mondes espacés,
Le poids de la justice éternelle qui penche.

L'âme entière se plonge aux larges flots bronzés
En la vague sonore autour des cathédrales,
Elle suit ses détours, ses retours, ses spirales,
Et ses cris les plus pleins et ses échos creusés.

Le bourdon aux échos impérieux et mâles
Donne sa sonnerie à Dieu seul tout puissant,

I! galope dans l'air comme un cheval de sang,
Laisse derrière lui tous les carillons pâles.

Et seul le glas profond, le glas qui vit et sent,
Lutte avec le bourdon, la mort avec la vie,
Mais la mort est parfois de triomphe suivie :
Quand le mal a monté, c'est Dieu qui redescend.

LA CLOCHE INTÉRIEURE

Il est une petite cloche
Que Dieu suspendit par un fil
Jusqu'en l'homme où sa main l'accroche
Pour sonner amour ou reproche,
Une cloche au timbre subtil.

Et cette cloche se balance
Toujours sans un moment d'oubli.
Merveille ! elle sonne en silence,
Une seule fois Dieu la lance,
Et jamais elle n'a faibli.

Ce que le bronze n'a pu dire,
Ce que n'a pu chanter l'acier,
La cloche qui vit et respire,
La cloche qui craint et désire
Seule a su le balbutier.

Dans le carillon de sa joie
Jamais on n'ouït plus beau chant,
C'est un bruit d'or, d'amour, de soie,
Quand tout son battant se déploie ;
C'est une clochette en plein champ.

Dans le bourdon de sa prière,
Dans le bourdon de son orgueil,
C'est la grande envolée entière,
C'est une basse grave et fière,
Après la joie, avant le deuil.

Dans l'ordinaire sonnerie
De son chagrin quotidien,
Ou quand la cloche se marie,
Quand elle est la mère fleurie,
Lorsqu'elle a le mal ou le bien,

Alors la cloche très profonde
Prend toujours un nouvel accent,
Une onde recouvre une autre onde,
Elle change à chaque seconde,
Toujours elle vibre, elle sent.

Le plus léger souffle de brise
Qui ne fléchirait pas un brin,

En touchant la cloche indécise,
La fait vaciller ou la brise,
Elle est de chair, et non d'airain.

Pour chanter parmi la poitrine
Le glas monotone et brutal
Que le bronze a dans sa narine,
Qui dans l'oreille se burine,
Elle devient d'un dur métal.

Quand le son trop vivement monte,
Sa sonnerie est le sanglot
Qui ne se mesure ou se compte,
Et la sonnerie est si prompte
Que le flot rencontre le flot.

Quelquefois la cloche est si lente
Qu'un autre cœur ne l'entend pas,
Elle se tait, se tait dolente,
Ou si bas, si bas elle chante
Que jamais tu ne comprendras.

Dieu seul l'écoute, Dieu seul l'ausculte,
Il connaît tous ses battements,
Son tintement le plus occulte ;

L'homme n'entend que son tumulte,
Mais Dieu ses moindres mouvements.

C'est lui qui surveilla la fonte,
Qui la fit traverser le feu,
Des maux et des biens mit le compte,
C'est son œuvre, il n'en a pas honte,
Oui, c'est le chef-d'œuvre de Dieu.

De la chair il choisit la fibre,
Il y fit monter un sang pur,
Lui fit boire un grand coup d'air libre,
Et le cœur, cloche humaine, vibre
Plus que la cloche de l'azur.

Sonne encore, petite cloche,
Sonne jusqu'à la fin du jour,
Garde ton timbre sans reproche,
Jusqu'à ce que Dieu te décroche,
O cœur humain, cloche d'amour.

LES SONNERIES

L'ANGELUS

C'EST le matin, le frais matin, quand la lumière encor sommeille,
Que la rosée a descendu tout doucement sur chaque fleur,
Que le repos très lentement a bien bercé chaque douleur ;
Soudain éclate un chant joyeux, c'est l'Angelus qui me réveille.

L'oreille entend, le cœur écoute, et l'oiseau bleu qui vient du ciel
Bientôt s'envole et va finir plus haut, bien haut, bonne prière ;
Une lueur filtre à travers par ma fenêtre et ma paupière.
Debout ! debout ! homme indolent ! A ton travail ! Abeille, au miel !

Dans les jardins et dans les bois nul ne dort plus sous l'aube pleine,
Sous tes chagrins prends le bonheur qui court partout autour de toi,
Et viens les voir tous les petits, les plus petits, dont l'homme est roi,
Regarde au loin vivre ton blé, monter ton vin, marcher ta laine.

Vois les oiseaux sans remuer sortir de feuille et puis ouvrir
Le bord des yeux, pointe du bec, et plume à plume un bout de l'aile,
Et vois la fleur s'épanouir et s'arrondir pour son ombelle,
L'insecte va s'envoler tôt parce qu'il doit très tôt mourir.

Ils sont levés dès le matin, dès le premier regard d'aurore,
Leur vie est courte, il faut jouir, souffle par souffle et brin par brin,
Pas n'est besoin pour éveiller ces empressés d'heure d'airain,
D'heure d'argent, ou d'heure d'or, dans le clocher où l'on adore.

Mais l'homme est chair, il est plus lourd en son tissu nourri de sang,
Que la verdure au fil subtil, à la peau verte, à la fleur blanche,
Que l'arbre droit qui pour dormir la longue nuit jamais ne penche,
Que le lion au vif éveil, lent mais rapide, et bondissant.

Il a lutté, il a souffert, il a pensé, il se repose,
Il dort malgré le haut soleil, et la rosée, et le printemps,
Il s'est fermé, s'est recouvert lorsque là bas s'ouvre la rose,
Mais une voix descend du ciel, une voix douce aux mécontents,

Voix d'une vierge et d'une mère, et voix charmante d'une femme,
Qui fait trembler au fond de nous chaque plus jeune souvenir,
Et nous voyons dans le passé le Dieu qui fut visible à l'âme,
Dieu disparu, sans l'adorer nous le prions de revenir.

C'est le salut, c'est le bonjour de vierge à l'ange et d'ange à vierge,
Salut de Dieu, mystérieux, salut lointain, salut d'amour,
Et chaque jour, à chaque aurore, à sa mère ah ! Dieu dit bonjour,
Quand de la nuit encor très doux le bon soleil pour nous émerge.

Et dans le ciel à ce salut de deux mille ans elle sourit,
Elle est contente ainsi qu'au jour, au jour premier qu'elle vit l'ange,
Car le bonheur, le vrai bonheur que nous changeons, jamais ne change,
La même fleur, toujours la même, au même point toujours fleurit.

Toujours la Vierge en entendant bonne nouvelle est très surprise,
Et craint encor, puis ne craint plus, d'elle sûre ah !... sûre de Dieu :
Elle le cherche, elle le trouve en son cœur pur comme au ciel bleu,
Et la parole est impossible, elle est possible, elle est comprise.

Elle répond : « cela soit fait, » elle le sait dans sa pudeur,
Oui, concevoir sous une tache est devant Dieu bien plus possible,
Que par l'amour, la volupté de tous les sens que peint la Bible ;
La mère vierge et l'enfant-Dieu partageront même candeur.

Et l'enfant naît, elle se sent vierge toujours, mais son cœur aime
Comme jamais un cœur de femme auparavant n'avait aimé,
Puis le chagrin dans le bonheur humain divin s'était formé,
Il doit souffrir, il doit mourir celui qui fit la mort lui-même.

C'est le Calvaire après la crèche, il est mort seul sur une croix,
La terre tremble et dans l'enfer le Dieu descend, l'idéal sombre ;
Plus de lumière ! ah ! pour toujours s'engouffre en nous le doute et l'ombre,
Je ne crois plus, je ne sais plus, je n'aime plus que quand je vois.....

4

C'est le réveil, la terre s'ouvre et s'ouvre un ciel dans la lumière,
L'étoile aux nuits qu'on avait vue à Bethléem brille en plein jour,
Et toute étoile à millions, à milliards se tient autour ;
Et le soleil n'est plus qu'un point, une étincelle, un grain de verre.

Et plus brillant on voit enfin apparaissant sur le zénith
Le Dieu qui fut jadis enfant, que dans ses bras retient sa mère,
Tant de rayons, tant de douleurs ont pénétré l'angoisse amère
Qu'avec son fils la mère enfin nous oublia, puis nous bénit.

Trois fois le jour, à jeune aurore, au midi plein, au crépuscule,
Le bonjour saint, le baiser frais, l'amour nouveau passent aux cieux,
Et pour le voir l'homme méchant souvent en vain ouvre les yeux,
Mais il entend tinter la cloche où l'Angelus joyeux ondule.

L'homme s'arrête, il ralentit ses pas pressés en son chemin,
Sans le savoir au fond du cœur chante soudain une prière,
Et vers le ciel qui s'adoucit parfois se lève une paupière ;
Puis il oublie, il s'en retourne à cette terre, amour humain.

Mais le plus beau des Angelus c'est l'Angelus de prime aurore,
Quand l'homme encor n'a pas souffert et qu'il entend le doux bonjour,
Et que la cloche en haut des cieux sans lui parler chante l'amour,
C'est le matin, et tout s'éveille, et tout se tait et tout adore.

LA BÉNÉDICTION

Quand le jour finissant s'incline vers le soir,
  Avant que Dieu remonte et dorme dans l'étoile,
Le prêtre de sa main élève l'ostensoir,
L'Être mystérieux et sans corps et sans voile
Apparaît, il bénit, et le cœur peut le voir.

Alors dans le clocher la cloche est bienheureuse,
Elle sonne très fort, ne sonne qu'un instant ;
Partout monte la nuit, partout l'ombre se creuse,
Mais le soleil du soir va se coucher content,
La bénédiction est comme une berceuse.

  Bénit soit l'homme et la bête et la plante,
      Et les oiseaux,
  Et la grenouille et la coquille lente
      Au fond des eaux.

Bénit soit l'astre et la lune et l'étoile,
      Flambeaux d'amour,
Et le soleil qui brille sans un voile
      Pendant le jour.

Bénits soient l'ombre et le fond de la terre,
      Et le mineur,
Seigneur, descends vers l'homme solitaire,
      Descends, Seigneur.

Descends plus bas jusqu'au milieu du gouffre,
      Où l'homme mort
Pour ses péchés pendant des siècles souffre
      Et souffre encor.

Bénis le pauvre et l'humble et le malade
      Au cœur transi,
Le matelot qui sombre dans la rade,
      Le riche aussi.

Bénis tous ceux qui t'appellent, Dieu, père,
      Et puis bénis
L'homme oublieux qui sans toi désespère,
      Que tu punis.

Bénis le fort qui lutte et fait sa tâche
    Jusqu'à mourir ;
Bénis le faible, ah ! bénis-le s'il lâche
    Par trop souffrir.

Bénis le bon qui fait miséricorde,
    Semblable à toi,
Et le méchant que le remords le morde,
    Avec la foi !

Bénis l'enfant si malheureux de naître,
    De vivre après,
Donne la miette et la goutte au pauvre être,
    Et le ciel frais.

Bénis la femme, avant qu'elle ne meure,
    En sa maison,
Et fais fleurir sa flore intérieure
    Et sa moisson.

Ah ! bénis l'homme aussi lorsqu'il est père
    Ainsi que toi,
Sur son épaule il supporte la terre ;
    Puis bénis moi.

Bénis, Seigneur, mais après tout autre être,
    Si tu le veux,
Celui pour toi qu'on a maudit, le prêtre
    Avec ses vœux.

Bénis son cœur plein de tes choses saintes,
    Son pauvre cœur,
Qui n'a jamais battu sous les étreintes
    Du grand bonheur.

Bénis son âme au temple prisonnière,
    Bénis ses yeux,
Toujours tournés de la même manière
    Et vers les cieux.

Bénis son corps qu'il empêche de vivre,
    Jusqu'au tombeau,
Et tous ses sens qui n'auront voulu suivre
    Qu'en toi le beau.

Bénis l'autel aussi, bénis l'église,
    Blanche maison
Où tu reviens apporté par la brise
    De l'oraison.

Bénis le livre où dort toute prière,
    La croix de bois,
Le toit, les murs et le pavé de pierre
    Et d'autrefois.

Bénis, Seigneur, bénis aussi la cloche
    En sa chanson,
De toi plus près dans le ciel elle approche
    Que la raison.

Elle redit chaque jour à la terre
    Son clair bonjour,
Ah ! bénis-la, la cloche solitaire
    Dans son amour.

Préserve-la des vents et de la foudre
    En son clocher,
Fais-la, plutôt que plaintive l'absoudre,
    Ne pas pécher.

Fais qu'au-dessus toujours fièrement flotte
    Notre drapeau,
Et que jamais la cloche ne sanglotte
    Sous un lambeau.

Bénis toujours, bénis, bénis sans cesse
Jusqu'aux maudits,
Et que ma main apporte la caresse
Du Paradis !

LA CLOCHE DE LA PRIÈRE

Il est temps de prier, le jour est à l'aurore,
Le cœur à son printemps, l'esprit vers son été,
Il est temps de prier le Dieu qu'on voit encore.
La cloche au timbre d'or en sa virginité
Retient son plein élan et doucement adore.
Le prêtre à l'humble autel dit sa messe tout bas,
Les oiseaux d'alentour sont entrés dans l'église,
Ils répondent en chœur en cachant leurs ébats,
Ils ont tout délaissé, nid et fleur et cerise
Pour la bonne maison qui ne les chasse pas.

Il est temps de prier, quand le soleil dévore,
Qu'au zénith un instant la lumière a monté,
La cloche est devenue éclatante et sonore,
Partout brille, partout vibre la vérité,
Et l'orgue a répondu, mais la cloche l'ignore.
Elle monte envolée en ses pleins branlebas,
Elle suit les courants, les remous de la brise

Sans jamais retrouver les hommes sur ses pas,
Elle marche devant, elle prie à sa guise.
Il est temps de prier, plus tard tu ne pourras.

Il est temps de prier quand l'horizon se dore,
Que le jour va périr par la nuit emporté,
Que la bête sommeille et se ferme la flore,
Que de tous les démons le cœur est tourmenté.
La cloche tristement sonne,…. mais sonne encore.
Elle verse en ses chants un timbre lent et las,
La note tantôt claire est une note grise,
Mais elle est si subtile ah ! que tu l'entendras
Quand sur toi de la mort une ombre sera mise.
La prière du soir qui sonne est sœur du glas.

Envoi

Seigneur, qu'on invoquait jadis dans les combats,
Toi dont la foi partout, le nom même agonise,
Nul hélas ! ne te voit, ne t'écoute ici-bas,
Mais ta cloche est encore, elle sera comprise
Tant qu'un dernier clocher la tiendra dans ses bras.

LE CARILLON

C'est le carillon ; ce sera demain le grand jour de fête,
  Les petits oiseaux écoutent déjà du fond de leurs nids.
Et tous les enfants se couchent joyeux, libres et bénis,
Les maîtres sont loin, les mamans sont près, les devoirs finis,
La longue semaine aux jours ennuyeux, la semaine est faite,
C'est le carillon, ce sera demain le grand jour de fête.

La petite fille est heureuse, heureux le petit garçon,
Et la cloche claire au rire d'argent, légère et sonore,
De tous ses grelots appelle le saint que la fête honore,
On ne l'entend plus, ils vont s'endormir pour l'entendre encore,
La chanson d'en haut, la chanson du ciel, la bonne chanson.
La petite fille est heureuse, heureux le petit garçon.

La brise est frappée, est frappée encor et toujours moutonne,
L'éther transparent autour du clocher qui ne vibre plus
Ramène son flot, après chaque flux, en un doux reflux.
Quand les tintements d'argent de la cloche enfin se sont tus,

Elle recommence à pleine volée un air monotone.
La brise est frappée, est frappée encor et toujours moutonne.

Mais le carillon est un chant très vif, un son cristallin,
Note de l'oiseau, gamme du lutin, musique du rêve,
Que l'ange inconnu, le génie ancien ou que l'astre achève,
Puis le son descend, il se fait humain, puis le son s'élève,
Il devient plus clair, il devient plus frais, il est aussi plein,
Mais le carillon est un chant très vif, un son cristallin.

Il vient égayer tous les noirs corbeaux qui battent des ailes,
Aux fins passereaux, aux bons moineaux francs il a dit bonjour,
Et silencieux tous les fils du ciel s'arrêtent autour,
Ils ont entendu que Dieu même appelle en leur carrefour,
Et vers le clocher vole longuement file d'hirondelles.
Il vient égayer tous les noirs corbeaux qui battent des ailes.

Le soleil couchant lentement regarde et voit la maison,
La maison de Dieu dont les grands vitraux boivent la lumière,
Il y reviendra joyeux d'éclairer dès l'heure première
La fête du saint de ses feux divins, de sa flamme fière,
Dès que le clocher redira demain sa claire chanson.
Le soleil couchant lentement regarde et voit la maison.

Le grillon se tait, la grenouille aussi, l'homme fait silence
Quand petite cloche au dessus de tous a seule parlé,

Et lance par grain, sème dans l'azur son rire perlé ;
Chaque tintement qui nous est venu remonte envolé,
La cloche retombe et remue encor, encor se balance ;
Le grillon se tait, la grenouille aussi, l'homme fait silence.

C'est le soir béni, c'est l'heure dernière où le cœur s'endort,
Où l'ombre agrandit le vague chemin, la forme incertaine,
Où de l'horizon vient de s'élever la lune lointaine,
Déjà l'on voit moins, on écoute mieux et l'âme est plus pleine
Quand tombent d'en haut les notes d'argent sur les notes d'or.
C'est le soir béni, c'est l'heure dernière où le cœur s'endort.

Ce sera demain le jour attendu, le jour qui se chôme
Depuis que les fils reçurent la foi de leurs grands aïeux,
Les temples hélas ! avec leurs autels sont devenus vieux,
Et Dieu que l'on vit tout à découvert se cache à nos yeux,
Mais la douce fête est restée encor la même pour l'homme ;
Ce sera demain le jour attendu, le jour qui se chôme.

Il faudra grandir, quelquefois le cœur me parlera plus,
Car le cœur de l'homme est un cœur d'enfant réduit au silence,
La lourde raison le fait retomber, quand l'amour le lance,
Dans la lassitude et l'affaissement et la somnolence,
Mais il se réveille, il bat pour répondre aux vieux Angelus ;
Il faudra grandir, quelquefois le cœur ne parlera plus.

Il faudra vieillir, toujours s'approcher plus près de la terre,
Attendant le glas qui viendra pesant du fond du clocher ;
Seul l'oiseau mourant peut au bord du ciel encor se percher,
Mourir, œil ouvert, blotti dans sa plume en haut du rocher,
Le carillon c'est un ami dernier pour le solitaire,
Il faudra vieillir, toujours s'approcher plus près de la terre.

Il faudra mourir, et puis devenir toujours oublié,
Sous le vert gazon, loin de tout chemin, loin de toute allée,
Attendre longtemps le retour douteux de l'âme envolée,
Ne plus voir jamais le foyer chauffé, la voûte étoilée.
Mais on entendra le tintement clair et multiplié ;
Il faudra mourir, et puis devenir toujours oublié.

De tous ses grelots les plus bruissants grelotte la cloche,
Pour les pauvres morts à l'oreille dure, au gîte profond,
Elle tremble, tremble et perce le bruit que les vivants font,
Pénètre la glèbe, et la pierre dure, et plus dur le front.
Ah ! réveillez-vous, morts, souvenez-vous, la fête s'approche ;
De tous ses grelots les plus puissants grelotte la cloche.

Mais les plus heureux au joyeux appel ce sont les enfants,
Ils ont mieux compris avant le chagrin une pleine fête,
Et le son naïf à petite gamme est fait pour leur tête,
Et dans leur oreille au fond seulement l'hymne se complète,
Et remonte aux cieux rempli de candeur, de cris triomphants ;
Mais les plus heureux au joyeux appel ce sont les enfants.

C'est le carillon, ce sera demain le grand jour de fête,
Les petits oiseaux écoutent déjà du fond de leurs nids,
Et tous les enfants se couchent joyeux, libres et bénis,
Les maîtres sont loin, les mamans sont près, les devoirs finis,
La longue semaine aux jours ennuyeux, la semaine est faite.
C'est le carillon, ce sera demain le grand jour de fête.

LE TOCSIN

Cloche française dans ta tour,
 Écoute le bruit du tambour,
Du tambour allemand qui roule,
Sur la lèvre le clairon court,
Et des monts il tombe un son sourd,
Le son sourd du canon qui croule.

Les cadavres sur les chemins
Détendent leurs pieds et leurs mains,
Lâchent leur fusil et leur sabre,
Et lorsque foulent les Germains,
On voit leurs chevaux plus humains
Dresser leur croupe qui se cabre.

Le silence succède au bruit,
Après le jour descend la nuit,
Le corbeau le dernier travaille,

5

Il respecte l'agonisant,
Il fut de chair morte et de sang
Assez pour sa pleine ripaille.

Et bourg et ferme sont en feu,
Le Prussien noircit le ciel bleu ;
Notre patrie aimante, aimée,
En flamme monte peu à peu,
C'est notre angoisse et c'est leur jeu,
Lorsque défile leur armée.

L'aigle noire est sur le rempart,
Elle entre, et notre drapeau part,
Lui vainqueur de telle victoire.
C'est le triomphe du soudard ;
Casque pointu, sombre étendard,
Brillent désormais sur l'histoire.

Les français contre les français
Ont fait la lutte que tu sais,
Aux vainqueurs ont fourni des traîtres,
Pendant que mourant je luttais.
Je ne le dis pas, je le tais
Surtout aux Allemands, tes maîtres.

Enfin la défaite est à bout,
Dans la veine aucun sang ne bout,
Nous n'avons même plus de haine,
Et l'ennemi nous a pris tout,
Après le sang versé debout
Le sang vivant de notre veine.

Le trou de balle est refermé,
Le champ partout est resemé,
Nous mangeons et buvons sans honte,
Et l'honneur s'est accoutumé,
Et sur notre flanc entamé
La nouvelle frontière monte.

Pire que la mort et la faim
L'indifférence c'est la fin
De la France et de la patrie,....
Cloche française, sonne enfin,
Non pas le chant joyeux et fin,
Mais le timbre qui gronde et crie.

N'attends pas que pour te branler
Une voix vienne te parler,
Une main forte te saisisse,
De toi-même il faut t'envoler,
Il faut bondir et te crouler
Pour que le son enfin jaillisse.

Cloche française, n'attends pas
Qu'on commande le branlebas.
Toujours on se tairait peut-être,
Tu dois faire le premier pas,
On te regarde de là-bas,
Il est temps enfin de paraître.

Les français qui n'étaient pas nés
T'écouteront bien étonnés,
Mais les français de la défaite,
Ceux qu'on avait abandonnés,
Déjà vers toi se sont tournés ;
Ils ont déjà levé la tête.

C'est le moment, le moment saint ;
Sois le tocsin, le grand tocsin,
Le tocsin de détresse et gloire ;
Et cavalier et fantassin
Et paysan, la faulx au sein,
Nous recommencerons l'histoire.

LA PREMIÈRE COMMUNION

I.

De la lèvre à la lèvre il éclôt un baiser,
    Du nuage au nuage il jaillit une flamme,
Et de même une fleur vient à fleurir dans l'âme,
Lorsqu'au fond d'un cœur pur Dieu veut se reposer.

Mais c'est l'enfant naïf qui seul pourra l'oser
Avant qu'il soit un homme, avant qu'elle soit femme,
De leurs petites mains il adorent sans blâme,
Rien ne les fit rougir et tout les fait roser.

Pour la première fois elle porte un long voile,
Pour la première fois sous la candide toile
Son sein a le bonheur de l'amour inconnu.

Elle sera plus grande, elle sera plus belle,
Mais jamais de nouveau ce jour n'est revenu,
Où parmi sa parure il se trouvait une aile.

II.

Ils sont très sérieux, petit homme et fillette,
On les a réveillés gravement le matin,
Pour eux on a traduit Dieu même du latin,
Elle a le cœur si bon, elle est si joliette.

Le temps est loin encor où l'amour fait cueillette,
Elle n'a point vêtu ni l'or ni le satin,
Et la communion pour elle est un festin
Où les anges connus ont préparé sa miette.

Elle va gracieuse et douce vers le chœur,
La paupière mi-close, enfermant en son cœur
Qui ne s'est qu'entrouvert, les premières délices.

Et le Dieu qui créa l'infiniment petit
Pour sauver sa pauvre âme est mort dans les supplices,
Et pour elle la cloche heureuse retentit.

III.

Mais le petit garcon est peut-être plus grave,
Il sent déjà peser sur lui le poids des jours,
Car chez l'homme la chair et les os sont plus lourds,
Le devoir importun dans sa tête se grave.

Il lui faudra surtout être impassible et brave,
Les luttes reviendront le harcelant toujours,
Et déjà de ses sens vont sourdre les amours
Qu'il porte inconscient, comme un volcan sa lave.

Il invoque ardemment le Seigneur des combats,
S'irrite contre lui quand il ne répond pas,
Il appelle chaque ange et les saints et les saintes.

Il voudrait vers la flamme aller nouveau martyr,
Seul contre les lions lutter dans les enceintes,
Avec la bonne cloche au ciel même partir.

IV.

Et le père et la mère et le fils et la fille
Ils sont tous en l'église, incrédule ou croyants,

Comme aux temps où vivaient les dogmes flamboyants,
Pour un jour Dieu lui-même est de cette famille.

L'encens et le haut cierge et les croix, tout scintille,
Sur les vitraux fleuris les rayons ondoyants,
Sous les roses les bords des corbeilles ployants,
Tout fleure, tout murmure, et tout brûle, et tout brille.

Et la cloche est en fête et fait tomber encor
Sur sa note d'argent une autre note d'or,
Une note subtile ainsi qu'un grain de perle.

Et sur les chants naïfs se détache son chant
Comme une vague douce et claire qui déferle
Du Soleil qui se lève au beau soleil couchant.

V.

Or, celle dont le cœur parmi la vie amère
Goûte mieux ce bonheur intense après l'enfant,
C'est celle dont l'amour seul survit triomphant,
C'est celle que Dieu fit de la femme, la mère.

Elle recueille encore une joie éphémère,
L'amour, l'amour complet, hélas ! le cœur s'y fend,

L'homme souvent l'arrache, et Dieu, Dieu le défend,
Et tantôt c'est le crime et tantôt la chimère.

Mais ce petit amour est si simple et si pur,
Enveloppé de lin, enveloppé d'azur,
Que la plus chaste lèvre amoureuse s'y trempe,

Et les cloches ensemble en tous leurs clochetons,
Ainsi que la lueur qui tombe de la lampe,
Ont versé, se penchant sur elle, tous leurs tons.

VI.

Enfants qui dans la vie aurez si peu de joie,
Gardez-le dans vos cœurs, le lointain souvenir
Du jour qui peut encor de bonheur vous fournir,
Lorsque le corps fléchit dans une âme qui ploie.

Ce jour il est d'azur, ce jour il est de soie,
Il fut si jeune, il peut encore vous rajeunir,
Il vous faut des deux mains revenu le tenir,
Et tant le regarder que le regard le voie.

Le Dieu compatissant pour le labeur humain
Le mit à l'un des bouts de votre long chemin
Pour qu'en vous retournant dans l'ombre il vous
[éclaire.

Ah ! n'oubliez jamais qu'en votre temps jadis
Un jour vous avez vu devant la cloche claire
S'ouvrir à deux battants pour vous le Paradis.

LA CHANSON DU FEU

C'EST la chanson du feu, la chanson de la flamme ;
La cloche à coups pressés, sans aucune envolée,
Frappe, frappe toujours le battant près de l'âme,
La cloche sans vibrer en toute hâte clame,
Elle voudrait descendre où la mort est allée,
Mais la cloche captive hélas ! n'est qu'une femme.

Le ciel est rouge à l'horizon,
A l'horizon le ciel est clair ;
Ainsi qu'un immense tison
Au dedans brûle la maison
Le long de ses os dans sa chair,
Et l'homme a perdu la raison.

La cloche voit de haut, son oreille est profonde,
Elle guette la nuit dans sa tour isolée,

Elle ne dort jamais quand tout rêve à la ronde,
Et son écho dernier en elle toujours gronde,
Le jour elle est joyeuse et la nuit consolée,
Même dans son silence elle veille le monde.

    Le feu qui couve lentement
    Sournois, tortueux tout le soir,
    Quand tout dort monte brusquement,
    Le voici dans le firmament,
    Il illumine le ciel noir,
    Il brûle sans un craquement.

Le clocher du lointain aspire la fumée,
De la flamme il entend passer la langue ardente
Sur les enfants chéris, la femme bien-aimée ;
Mais sa fenêtre est close et sa porte est fermée,
Et la cloche qui tremble hélas ! reste pendante,
Et la main qu'il lui faut pour vibrer est fermée.

    Ah ! la flamme grandit encor,
    Elle lèche, elle mord le mur,
    Et de tous ses flancs elle sort,
    Le toit brûle comme de l'or,
    Le moment de la chute est mûr,
    Dedans se promène la mort.

La cloche pour sonner s'appuyant sur sa masse
Se dilate et contracte en effort invisible
Mais hélas ! pas d'un point parmi l'immense espace
Son battant fixe et lourd sans main ne se déplace,
Mais un miracle fait l'impossible possible,
La cloche est en prière et voit Dieu face à face.

Une femme avec son enfant,
Seule loin de plainte ou secours,
Contre la flamme se défend
Sur un bout de poutre qui fend ;
La flamme s'approche toujours,
Le feu les touche triomphant.

Il est temps de sonner. Ah! cloche, sonne vite !
Chante du plus profond de ta pleine poitrine,
Réchauffe ton acier, dans ton bronze palpite,
La braise en rouge fleur à la cueillir invite,
La maison dans son souffle à travers sa narine
Jette l'âme des siens qui tristement crépite.

Tout dort ; au large pas un bruit,
Nul ne sait qu'elle va mourir.
Partout, partout, c'est noire nuit,
Pour la cloche seule tout luit.
La femme ne peut pas courir,
Elle s'arrête, nul ne suit.

Mais la cloche l'a vue à travers la blessure
Que la flamme sortant fit, cruelle fenêtre,
Parmi le mur ardent ; soudain dans l'enchâssure
Elle sent s'ébranler sa peau rigide et dure,
D'un effort violent elle pousse son être ;
Elle sonne... sa voix jaillit profonde et sûre.

Debout ! debout ! Tous sont debout.
C'est ici, c'est là ! Cherche bien !
Des morts, des mourants ! Le feu bout.
La femme ! l'enfant ! Est-ce tout ?
Un cadavre, peut-être tien !
Sauvée, ah ! elle était à bout.

Nulle main n'est venue en ce jour sur la cloche,
Si ce n'est une main invisible, inconnue,
Celle qui fit monter la roche sur la roche,
Celle qui prend l'étoile et dans le ciel l'accroche,
Celle qu'on sent parfois remuer dans la nue,
Cachée à l'horizon et qui pourtant est proche.

Sous cette caresse le métal
Plus vite, plus vite, et plus fort,
D'un son de bronze et de cristal,

Jusqu'au soleil oriental,
D'un chant d'argent, de son chant d'or,
Voudrait chanter la fin du mal.

C'est la chanson du feu, la chanson de la flamme,
La cloche à coups pressés sans aucune envolée
Frappe, frappe toujours, le battant près de l'âme,
La cloche sans vibrer en toute hâte clame.
Elle voudrait descendre où la mort est allée,
Mais la cloche captive hélas ! n'est qu'une femme.

LE BAPTÊME

L'enfant de la femme et de l'homme est né,
  Fils de la douleur, fils d'une caresse,
Il voit la lumière et l'ombre étonné,
Et c'est le Dieu bon qui nous l'a donné,
Il faut devant lui que l'enfant paraisse.
L'enfant de la femme et de l'homme est né,
Fils de la douleur, fils d'une caresse.

Devant Dieu voici le petit enfant,
Sa première fête est jour de baptême,
La cloche lui chante un chant triomphant.
Devant Dieu voici le petit enfant,
Il est faible encor, mais Dieu le défend,
La cloche sera sa marraine même.
Devant Dieu voici le petit enfant,
Sa première fête est jour de baptême.

A peine est-il né qu'il pourrait mourir,
Sans que Dieu l'ait vu, sans qu'il le bénisse,
Sans que la fleur ait le temps de fleurir.
A peine est-il né qu'il pourrait mourir,
Sans qu'il ait péché, pour qu'on le punisse.
A peine est-il né qu'il pourrait mourir,
Sans que Dieu l'ait vu, sans qu'il le bénisse.

C'est que l'enfant chaste a péché jadis
Dans le germe obscur de son premier père,
Sous l'ombrage frais du vieux Paradis.
C'est que l'enfant chaste a péché jadis,
Quand ton bonheur, Ève, ah ! tu le perdis,
Eve notre aïeule, Eve, notre mère.
C'est que l'enfant chaste a péché jadis
Dans le germe obscur de son premier père.

C'est que l'enfant chaste est fils de l'amour,
De l'amour impur, le seul de la terre,
Le baiser n'a pu seul le mettre au jour.
C'est que l'enfant chaste est fils de l'amour,
Sa mère est colombe unie au vautour,
La nuit de la nuit couvre son mystère.
C'est que l'enfant chaste est fils de l'amour,
De l'amour impur, le seul de la terre.

6

Il porte une tache au fond de son cœur,
Il a le malheur au fond de son être,
De loin le regarde un serpent moqueur.
Il porte une tache au fond de son cœur,
Et tous les démons l'entourent en chœur,
Il faut que Dieu pur le fasse renaître.
Il porte une tache au fond de son cœur,
Il a le malheur au fond de son être.

Cette fois c'est Dieu, le père vraiment,
La Vierge Marie est aussi la mère,
Le nouveau mystère est un sacrement.
Cette fois c'est Dieu, le père vraiment,
Et la pauvre église est un firmament,
Il naît pour toujours, l'enfant éphémère.
Cette fois c'est Dieu, le père vraiment,
La Vierge Marie est aussi la mère.

Plus haut que la voûte, au-delà des yeux,
Vois, la bonne cloche est bonne marraine,
C'est la voix de Dieu qui descend des cieux
Plus haut que la voûte, au-dessus des yeux,
La marraine dit tous ses chants joyeux,
En couronne d'or, en robe de reine.
Plus haut que la voûte, au-delà des yeux
Vois, la bonne cloche est bonne marraine.

La bonne marraine a trouvé le nom,
La cloche a tinté le nom d'être frêle,
Plus haut que clairon, plus haut que canon.
La bonne marraine a trouvé le nom,
Pour qu'enfant réponde à sa voix, sinon
C'est que cet enfant était né sans aile.
La bonne marraine à trouvé le nom,
La cloche a tinté le nom d'être frêle.

Quand la voix joyeuse a couvert les cieux,
Les gentils oiseaux sont heureux sur terre,
Leurs petits aussi bénis chantent mieux,
Quand la voix joyeuse a couvert les cieux.
Et pour un baptême ils ouvrent les yeux,
La rosée au ciel vient, les désaltère.
Quand la voix joyeuse a couvert les cieux,
Les gentils oiseaux sont heureux sur terre.

La cloche divine à l'écho divin
Jusqu'au fond de l'herbe arrive et pénètre,
Et le dur rocher la repousse en vain,
La cloche divine à l'écho divin.
Son chant rebondit plus vif et plus plein,
Le chant de la vie où l'on vient de naître.
La cloche divine à l'écho divin
Jusqu'au fond de l'herbe arrive et pénètre.

Mais le chant remonte enfin dans l'azur,
Emportant la vie, emportant la joie,
Loin du monde laid, loin de l'homme impur.
Mais le chant remonte enfin dans l'azur
Où le timbre est clair et le bonheur sûr,
Pourvu que l'on vibre et qu'alors on croie ;
Mais le chant remonte enfin dans l'azur,
Emportant la vie, emportant la joie.

LE SILENCE DE LA CLOCHE

L'HOMME est mort, il est seul, il n'est venu personne,
 Les yeux que nul ne ferme agrandis sont ouverts,
Il semble regarder les mondes découverts,
Nul chant, point d'oraison, nulle cloche ne sonne.

C'est un lâche. Pourtant il est frappé devant
Comme celui qui meurt en la pleine bataille,
Il n'a point pour s'enfuir diminué sa taille.
S'il n'était pas bien mort, on le croirait vivant.

Son arme près de lui le vise et le regarde,
On sent qu'une main ferme et dure la tenait,
Lorsqu'à son meurtrier le blessé pardonnait
Il la remercia de sa fidèle garde.

Son corps s'est remué pour mourir seulement,
Quelque ombre sur son front passa laissant sa trace,

Ses habits, ses cheveux ont conservé leur place,
Il a fait peu de bruit dans cet isolement.

Alentour point d'amis, point d'homme, point de femme,
Pas d'enfant, le silence est le cri de douleur.
On arrive, on s'éloigne, on s'approche, on a peur,
Il semble qu'en tuant son corps il tua l'âme.

Cependant il n'a pas versé beaucoup de sang,
Un trou noir très étroit suffisant pour la balle
Dérangea seulement la chair ; la peau s'étale
Et cherche à recouvrir des bords le point absent.

Il n'a pas sur le sol, comme par la défaite,
Jeté son pauvre corps qui ne peut plus subir,
Il s'est tenu debout pour se frapper au faîte,
En tombant s'est couché pour dignement mourir.

Nul crime n'a souillé sa main, son cœur, sa tête.
Il a longtemps souffert, nul n'a souffert par lui,
Et les jours de chagrin plus que les jours de fête
Parmi son âme sombre ont cruellement lui.

Il n'a point maudit Dieu qui ne maudit personne,
Il était las, était sans but, il était seul,

Il fut bon ; bonne cloche ah ! pour son âme sonne,
Pour qu'il puisse dormir enfin dans un linceul.

Où sont tes tristes chants qui sont encor la joie ?
Tes pleurs d'airain pareils aux vrais pleurs de la
[chair ?
Quand l'homme misérable ou se tue ou se noie,
Pourquoi refuses-tu de le redire à l'air ?

Comme les riches durs évitant l'infortune,
As-tu donc ton airain plus brutal que le leur ?
La mort de désespoir pour l'heureux importune
Te fit-elle muette en son trop grand malheur ?

Ou Dieu t'a-t-il créée aussi justicière
T'ordonnant de pleurer le malheur, non le mal,
De refermer en paix ou repousser la bière,
D'enterrer l'homme enfin, et non pas l'animal ?

T'a-t-il lancée aux cieux fière et présomptueuse,
Maudissant en silence ou bénissant pour lui,
Par une sonnerie à marche vertueuse,
Ceux qu'il aura marqués pour la mort aujourd'hui.

Sonne, cloche de bronze, ah ! sonne lente et sombre,
Et comme si tes chants retombaient de leur vol,

Chante par tes échos comme un soleil par l'ombre !
Que tu sembles venir, non du ciel, mais du sol !

Mets dans ta note un timbre étranger à la terre,
Qu'on n'ait jamais perçu que dans sa profondeur,
Que chacune isolée éclate solitaire
Comme d'un métal mort inconnu du fondeur !

Ajoute le reproche et mêle l'ironie,
Et si ton Dieu l'ordonne, hé bien ! maudis encor,
Mais ne refuse pas ta voix, ta voix bénie,
Oh ! donnes-nous ton fer si tu gardes ton or !

Ah ! la cloche s'ébranle, essaie une prière,
Le clocher tout entier a changé de visage,
Elle vient travailler cette brave ouvrière,
Elle est redevenue et bonne et claire et sage.

Elle a pris grand pitié, regrette son silence,
Jusqu'en la triste chambre entrera sa voix douce,
Par la compassion son battant se balance,
Elle attend que du ciel un mouvement la pousse.

Elle a mêlé l'amour parmi le long reproche,
Mis un voile d'espoir sur la désespérance,
Préparé des échos qui remueront la roche,
Et de la mort bénite imité l'apparence.

Le mort en l'entendant descendre en son oreille
Un doux frémissement longuement le pénètre,
Car c'est de Dieu l'amie à la voix sans pareille,
Elle apporte la grâce et le bonheur peut-être.

Mais la cloche ne peut retentir d'elle-même,
Il faut que l'homme ou Dieu donne le premier branle,
Il ne lui suffit pas qu'elle meuve et qu'elle aime,
Ni que le battement seul de son cœur l'ébranle.

Mais parfois on a vu s'accomplir le miracle,
La cloche tout-à-coup étendre sa grande aile
Sans attendre la voix qui part du tabernacle,
Et la chanson divine enfin éclore d'elle.

La cloche est immobile, elle a longtemps lutté
Pour soulever son aile et remuer l'airain,
Maintenant elle-même elle pend, elle craint,
L'heure est passée et court déjà l'éternité.

Son battant tombe lourd, le dernier grondement
S'est éteint, le clocher n'a plus un seul regard,
Et la tour se détache en son isolement,
L'oiseau de Dieu s'envole et se pose autre part.

Nulle force de l'homme ah ! n'arrache un seul chant
A la cloche massive au-dessous du ciel froid ;
Du radieux matin jusqu'au soleil couchant
Elle reste muette assise au clocher droit.

Tant que la main de Dieu sur elle ne vient pas,
En vain toute autre main entourerait son front,
Son bronze souffrirait, mais ne remuerait pas,
Ce serait pour la cloche un inutile affront.

La prière ne peut, pas plus que le grand vent,
Le tonnerre en tombant ne vient que la sacrer,
Elle est reine du deuil et du rire vivant,
Elle juge les pleurs avant de les pleurer.

C'est fini, pauvre mort, tu n'auras qu'un tombeau,
Rien qu'un tombeau chassé qui se cache en un coin ;
Comme un oiseau de proie enterre en son jabot,
Un bout de sol maudit t'enfouit avec soin.

La cloche est sans pitié, rigide en son métal,
Elle retient son souffle,elle arrête son cœur ;
Comme toutes les voix, son timbre de cristal
Se tait pour les vaincus, sonne pour le vainqueur ?

Le mort va cheminant le long du cimetière,
Des héritiers hélas ! entourent la litière,
Par le chemin direct et prompt ils l'ont conduit.
En vain il vient heurter la maison de prière,
Une invisible main le repousse en arrière.
Le chemin continue et s'achève sans bruit.

Avec la cloche il semble aussi que l'âme est morte,
Que le cadavre seul est présent et s'emporte,
L'homme juge à son tour, à son tour il maudit.
Le plus libre penseur au milieu de l'escorte
Pense qu'un suicide était chose trop forte,
Qu'on doit mourir sans Dieu, mais mourir dans son lit.

Tous pour le malheureux retrouvent l'anathème,
Car il sont devenus plus pieux que Dieu même,
Ils sont habitués aux pompes du dehors,
Et si le pauvre mort était un mort que j'aime
Je vois tronquer la croix, de ma douleur l'emblême,
Une croix mutilée est seule sur son corps.

LE MARIAGE

Tout à coup la cloche en son envolée
Mêle au chant de bronze un son de cristal,
L'amour et l'amour emplit le métal,
Le bonheur descend de la cloche ailée,
Et la femme vierge, encore voilée,
Lui répond parmi l'église étoilée,
De son cœur d'enfant, de son cœur natal.

C'est la fiancée et la mariée,
Celle dont le ciel peut-être est jaloux,
Car la vie amère a des jours si doux,
Parmi les joyaux elle fut triée,
Comme une liane à l'arbre liée
L'épouse se lie autour de l'époux.

Elle a dans ses yeux d'émeraude verte
Des diamants vrais de la plus belle eau,

Où passe un éclair courant au galop,
Le baiser attend sur sa lèvre ouverte,
Et de chasteté claire encor couverte,
Sa virginité par l'amour offerte
Est perle qu'on voit à travers le flot.

Rien de faux en elle, et sa pudeur même
N'est point la pudeur du cœur engourdi
Déprimant toujours le sein arrondi,
Mais son être entier dit droitement : j'aime,
Et sa bouche : oui, dans l'instant suprême,
Sans une rougeur et sans pâleur blême.
Et la bonne cloche en haut applaudit.

La main dans la main où l'amour l'a mise,
Elle a tout donné ce qu'elle garda ;
Par un seul regard qui la regarda
Elle est tout entière et pour toujours prise,
En face de Dieu dans la grande église.
L'aimé sera maître et bon à sa guise,
C'est l'humble bonheur qu'elle demanda.

Il faudra quitter le père et la mère ;
De ces souvenirs elle est tout en pleurs.
Mais de son amour elle est tout en fleurs

Et le miel à flots couvre l'onde amère,
Ils vont s'effaçant la sœur et le frère,
Car tout passe ainsi le long de la terre,
Les bonheurs toujours, parfois les douleurs.

Il faudra laisser la petite chambre,
Où le frais matin cherchait son cœur pur,
Où ses yeux remplis d'un entier azur
Trouvaient des rayons encore en décembre,
Le Christ en ivoire au teint couleur d'ambre,
Et le pied de lis qu'aucun doigt ne cambre,
Pour le grand bonheur le petit plus sûr.

Il faudra penser d'une autre pensée,
Et changer son cœur pour un autre cœur,
Verser de l'amour la sainte liqueur,
Donner le parfum de l'âme froissée,
Regretter un jour la douleur passée,
Mourir lentement aimée et laissée......
Les cloches en haut l'appellent en chœur.

Les flots de l'amour, les flots d'harmonie
Sourdent à la fois, emplissent son sein,
Les espoirs joyeux l'entourent d'un bain,
Et l'alliance est bénite et bénie,

Et par un seul doigt elle est bien unie,
Sa vie est nouvelle et l'autre finie,
Toute elle suivra le bout de sa main.

La première larme est sur sa paupière
Attendant timide un premier baiser,
Celui que sans Dieu l'on ne doit oser,
Qui va terminer la longue prière ;
La nature fut sa couturière,
Et quand tombera bonne blanche barrière,
Les fleurs du jardin vont la jalouser.

Cependant l'aimé respirant près d'elle
Voit tout doucement des yeux s'entr'ouvrir,
Une fleur cachée en son sein fleurir,
Entend lentement s'étaler une aile,
Elle était jolie, elle devient belle,
Tout à coup jaillit la sainte étincelle,
Ensemble ils devront aimer et mourir.

Parmi le désir vient chez l'homme grave
L'amour immortel plus fort que la chair,
Et l'or de l'anneau se soude de fer,
Un nom dans un nom pour toujours se grave,
Si profondément que nul ne l'en lave,
Le petit anneau sera dur et brave,
Et le doigt au doigt le montrera fier.

Le fort sera doux et la faible forte,
Ils partageront le sort qui viendra,
Le bonheur de l'un pour l'autre sera,
Le petit chagrin qui toujours l'escorte,
Et chaque douleur que l'un d'eux apporte,
Et jusqu'à la mort quand l'aimée est morte,
Et tout ce que Dieu leur destinera.

Ils seront heureux, la cloche l'assure
Egrenant sur eux ses tintements d'or,
Et le cœur répond en battant plus fort,
Elle monte encor plus haut pour leur plaire,
Et tout le soleil soudain les éclaire,
Et c'est le bonheur le plus grand sur terre,
Il ne revient pas même après la mort.

L'amour un moment rompt la destinée,
On marche joyeux dans le prompt chemin
Où jamais ma main ne quitte ta main,
Ta petite main que tu m'as donnée.
Les jours s'en iront comme une journée,
Les petits enfants sous la cheminée
Viendront m'entourer demain et demain.

Puis, tous les chagrins que ton baiser chasse
Reviendront encor malgré ton baiser,

Ton sein doucement sait les apaiser,
Tu ne laisses point au malheur de place,
Mais la mort, hélas ! mais la mort menace,
Nous somme liés, mais elle délace,
L'ombre sur ton front un jour pèsera.

Mais aujourd'hui c'est jour de mariage,
La cloche a des sons de laine et velours,
Car aux mariés elle dit bonjours,
L'amour dans son bronze est en alliage,
Et la cloche ardente et la cloche sage
De la terre au ciel sans cesse voyage,
Et les deux aimés l'écoutent toujours.

LA MORT

I.

LE JOUR DE LA COLÈRE.

Un jour, le jour de la colère,
   Par le feu finira la terre,
La sybille n'a pu le taire.

Ah ! qu'elle terreur descendra
Lorsqu'enfin le juge viendra,
Et que tous il nous jugera.

La trompette à voix étonnante,
Au fond des sépulcres tonnante,
Vers le trône criera menante.

Et s'effraieront nature et mort,
Quand s'éveillera ce qui dort,
Pour répondre à Dieu juste et fort.

Le livre écrit, l'ange l'apporte,
Bien et mal il faut que tout sorte,
Pour juger créature morte.

Donc, quand le juge siègera,
Ce qui se cache apparaîtra,
Rien sans vengeance ne sera.

Moi, misérable, que dirai-je ?
Quel protecteur appèlerai-je ?
Quand le juste en vain se protège.

Roi de terrible majesté,
Sauveur sans qu'on l'ait mérité,
Sauve-moi, source de bonté.

Souviens-toi, Jésus, âme née,
Que ta vie ah ! me fut donnée ;
Ne me perds pas en ta journée.

Me cherchant tu m'assis lassé,
M'achetas sur croix trépassé,
Tant d'amour ne soit pas laissé.

O juge juste de vengeance,
Fais-moi le don de l'indulgence
Avant le jour de l'indigence.

Comme un coupable je gémis,
De honte rougis et blémis,
Epargne, Dieu, le cœur soumis.

Toi qui pardonnas Madeleine,
Même le larron dans sa peine,
Toi qui fis'l'espérance mienne.

Mes prières ne valent pas,
Mais toi bon par bonté feras
Hors les feux éternels mes pas,

Parmi tes brebis donne place,
Sépare moi du bouc qu'on chasse,
Que je sois à droite en ta race.

Tu peux mandire les maudits
Allumer les feux que tu dis,
Mais mets-moi dans ton Paradis.

Je te prie et contrit et tendre,
Le cœur écrasé comme cendre,
Souviens toi quand mort doit me prendre.

Lamentable sera le jour
Lorsque ressuscite à son tour
Chaque homme à juger sans recour

A celui-ci pardonne un jour !

II.

LE GLAS.

C'est le glas lent des morts, calme après la douleur, grave après l'agonie,
Il va chantant aux cieux, à la terre criant que la lutte est finie,
Que le corps, pauvre corps, que l'âme tourmenta, peut toujours reposer
Dans un profond sommeil sans rêve et sans travail, mais aussi sans baiser,
Que l'âme, faible souffle, au sein des cieux déserts seule s'en est allée,
Qu'une autre qui l'aima ne peut pas s'envoler et reste inconsolée.

C'est le glas de l'église obscure et de la tour massive en son clocher,
Détaché lentement de la pesante pierre et des masses de bronze,
Qu'on entend retentir lorsque l'éternité qu'évoque prêtre ou bonze
Vient ouvrir tout-à-coup pour entrer dans l'azur les portes du clocher.

La cloche est haut assise, en sa robe de deuil elle est enveloppée,
Elle cache en son sein une intense tristesse, et son timbre éclatant
Se voile, et dans sa voix longtemps avec l'airain de la fonte trempée
On entend des sanglots retenus, assourdis, vers le zénith montant.

Elle pleure sans yeux, elle tremble sans chair, et palpite sans souffle, et gémit sans poitrine.
Pour toujours attachée à l'immortel sommet où la mort et la deuil d'en bas montent toujours,
Elle les pleure tous, tous les morts inconnus, tous les morts sans bonheur, tous les morts sans
                                                                                                    [amours,
Et sans savoir sur qui, la cloche pleure et pleure une larme d'airain, larme solide et fine.

Elle chante en montant, elle chante profonde, et son chant est si haut, et son chant et si bas
Que l'espoir avec elle au ciel monte d'un trait, et d'un trait redescend, jusqu'à l'enfer retombe,
Et le cœur qui la suit toujours est relevé, toujours est repoussé, mais ne s'arrête pas,
Et l'on croit voir s'ouvrir, et soudain se fermer, et se rouvrir encore, et se clore la tombe.

C'est la fin... retentit dans un branle dernier une vibration au timbre large et sourd.
C'est la cloche en son cœur qui sous sa rude peau, sous la pierre et le bronze un instant fut
Elle a jeté le cri métallique d'acier, divin de la prière, un cri humain de crainte,   [atteinte,
Puis elle se rendort, sous le dernier frisson qui traverse les cieux, en sa fixité sainte,
Mais on l'écoute encore, on entend son écho, on entend son silence.... et l'éternité court....

C'est le glas lent des morts, lent après le combat, calme après la douleur, grave après l'agonie,
Il va chantant aux cieux, à la terre criant que la vie est vécue et la lutte finie,
Que le corps, pauvre corps que l'âme tourmenta. dans le lit le plus doux enfin peut reposer,
Que bonheur de la terre ou malheur de la terre est une illusion, ainsi que le génie,
Que l'âme, faible souffle, en proie aux cieux d'airain, peut-être est consolée et peut-être est punie,
Ou qu'un sommeil profond sans travail et sans rêve attend le mort heureux, mais plus un seul
                                                                                          [baiser.

LA MESSE

I.

L'APPEL.

C'EST la messe au village à la première aurore,
Les oiseaux réveillés se rendorment encore,
La rosée est en goutte autour du toit béni,
L'angelus en volée est sorti de son nid,
Dans l'église entr'ouverte il n'est entré personne,
Dieu restera-t-il seul ? C'est la messe qui sonne.

Le paysan travaille.... il faut d'abord semer
Après un lent labour le blé qui doit germer,
Conduire le cheval et tenir la charrue,
Déchirer, soulever la terre dure et crue,
Puis espérer longtemps, craindre, toujours aimer

Le sol mystérieux qui semble se fermer,
Épier les rayons ou la goutte de pluie,
Attendre que le vent ou que la grêle fuie,
En regardant le blé le faire enfin mûrir,
Toujours le protéger, toujours le secourir,
Quand l'herbe est haute et drue, avec une faucille
Du matin à la nuit faucher sans qu'on sourcille,
Et quand vient le grand jour, le jour de la moisson,
Il ne peut pas dormir en faisant oraison,
La sueur de son front sous le ciel ardent coule,
Il ne reste au logis que la femme et la poule.
Plus tard c'est le raisin qu'il faut bien vendanger,
Chaque récolte hélas ! est sans cesse en danger,
Il se hâte toujours tout le long de la vie,
Avec son animal très rarement il prie ;
Il est toujours dehors avec ce compagnon,
Les fruits ne poussent pas comme le champignon,
De sa chair, de ses os, de sa peau noire et rousse
L'homme pousse la bête et la bête aussi pousse,
Et quand ils ont peiné tant que la moisson sort,
Chacun, l'un dans son lit, l'autre en l'étable, dort ;
Chacun du lendemain a gagné la journée
Le jour pareil au jour achève leur année,
Le travail a durci leurs cœurs comme leurs peaux,
Et le bonheur pour eux c'est le plus lourd repos......
Cependant, quand le jour de Dieu vient, le dimanche,
L'homme apparait nouveau dans sa chemise blanche.

De la belle maison chacun prend le chemin,
Laisse marcher son pied, laisse pendre sa main.
Il tombe à deux genoux sur la chaise plus douce,
Le pavé de la nef lui semble de la mousse,
Et loin du citadin, loin du Monsieur moqueur
Il adore des yeux, il adore du cœur,
Il lui semble qu'un saint habite la statue,
A la cloche surtout son âme s'habitue,
Car il a pour la cloche, il a pour le clocher
L'amour du coquillage envers son brun rocher,
De chaque événement elle conte l'histoire,
Annonce chaque fête et dit quand on peut croire,
L'homme la comprend bien du carillon au glas,
Ne se dérange point quand on ne sonne pas,
Mais à son moindre chant tient son oreille ouverte,
Car elle voit au loin et peut donner l'alerte,
Elle aperçoit la guerre, elle aperçoit le feu,
Et cette cloche enfin est la fille de Dieu.
Il sait l'heure elle-même au son de chaque messe,
Au dernier tintement il se presse, il se presse,
Pour aller au travail suivant chaque saison,
Il ne peut visiter chaque jour la maison
Du Seigneur qui naquit comme lui sur la paille,
Mais un autre pour lui doit prier ; il travaille.

Celui qui va prier pour les bons paysans
C'est le prêtre, il est vieux, il marche à pas pesants,

Il a de blancs cheveux bien gagné sa couronne,
En attendant que Dieu la prenne et qu'il lui donne
Celle que pour les saints visibles à ses yeux
Le Seigneur préparait dans des temps qui sont vieux.
Il sait que ce n'est pas pour lui qu'il faut qu'il prie,
Mais pour tous, pour le bœuf qui pait dans la prairie,
Pour le mouton brouteur pour qu'il ait son regain,
Et pour l'homme attendant avidement son gain,
Pour l'eau qui se dessèche au bord de la fontaine,
La vierge dont les seins montent sous la futaine
Afin qu'elle ait sa part de bonheur et d'amour,
Pour la fleur qui sans Dieu ne pourrait voir le jour;
Et quand il aura dit le désir de chaque être,
C'est alors seulement qu'il priera pour le prêtre.
La cloche finissant redouble chaque coup,
Le prêtre est à l'autel, à genoux, puis debout.

Et seul un simple enfant de la verte campagne
Est là qui lui répond pour tous et l'accompagne.
Le vieillard lentement entr'ouvre son Missel,
Il a fait de la croix le signe universel.
S'humilie en son cœur parmi l'Eglise immense,
Se frappe la poitrine, et la Messe commence.

II.

L'ENTRÉE.

J'entrerai dans l'église et j'irai vers l'autel,
L'autel du Dieu vivant, du Dieu de ma jeunesse,
Qui la réjouissait d'un bonheur immortel,

Juge-moi donc, Seigneur que l'injustice blesse,
Sépare-moi de l'homme hypocrite et méchant,
Je veux parmi les saints rester dans ma simplesse.

Toi seul seras ma force, et j'irai te cherchant.
Pourquoi, pourquoi ta main ah ! me repousse-t-elle,
Triste quand l'ennemi me harcèle en marchant.

Lance ta vérite, ta lumière immortelle,
Elles m'ont amené jusqu'au sommet des monts,
A la cime sacrée où ta chambre étincelle.

J'entrerai dans le temple à travers les démons,
Et vers l'autel duDieu, du Dieu de ma jeunesse,
Qui la réjouissait de ses bonheurs si bons.

Sur la harpe je veux te chanter sans tristesse.
O mon Dieu ! Toi, mon cœur, pourquoi t'attristes-tu ?
Et pourquoi te troubler et battre avec vitesse ?

Espère en Dieu, toujours espère en sa vertu,
Car je vais le chanter ; encor sur mon visage
Son rayon descendant m'a sauvé... tout s'est tu.

Gloire au Père, à son Fils, et gloire à l'Esprit sage,
Comme au commencement, maintenant et toujours,
Dans le siècle et le siècle et dans l'âge et dans l'âge.

J'entrerai vers l'autel où sont tous mes amours,
Vers le Dieu qui créa le ciel après la terre,
C'est le nom du Seigneur qui seul est mon secours.

Amen, répond l'enfant... la cloche a dû se taire.

III

L'AVEU

Je le confesse à toi, toi le Dieu tout-puissant,
A Marie, à la vierge en son cœur, en son sang,
A Michel fier archange, à Jean l'humble baptiste,
Aux apôtres, à Pierre, à Paul, à qui m'assiste,
A toi, Père, que j'ai beaucoup, beaucoup péché,
Par la pensée hélas ! puis sur le mal penché
J'ai commis l'action dont le nom seul nous tache,
C'est ma faute, ma faute, et ma faute très lâche.
Je te prie, ô Marie au ciel vierge toujours,
Archange Saint Michel, Saint Jean, viens au secours,
Et toi, Pierre, et toi Paul, chaque saint, et toi, Père,
Priez chacun pour moi le Dieu juste et sévère.

Amen, répond l'enfant... la cloche doit se taire.

IV.

LA PITIÉ.

Ah ! pitié, grand pitié, pitié, pitié, Seigneur !
O Christ, que la pitié vienne aussi dans ton cœur.
Ah ! pitié, grand pitié, pitié, pitié, Seigneur !

Misère, encor misère, hélas ! partout misère !
Le ciel est sourd, le cœur se serre et se resserre.
Misère, encor misère, hélas ! partout misère !

Plus de fleurs ! tout est pleurs, tout est mal et mal-
                                                  [heur,
Sans flamme, sans lueur, sans chaleur, sans couleur.
Plus de fleurs ! tout est pleurs, tout est mal et malheur !

Ah ! pitié, grand pitié, pitié, pitié, Seigneur !

Et la cloche elle-même a souffert dans son cœur.

V.

LA GLOIRE.

Gloire à Dieu dans le ciel, paix aux hommes sur terre
Et de volonté bonne et de franche manière,
Je te loue et bénis et je t'adore après,
Et je te glorifie, et pour ta grande gloire
Je te rends grâce, ô Dieu, puisqu'en toi je puis croire,
Seigneur-Dieu, roi des cieux, puisque tu m'apparais.
Dieu, Père tout puissant, Seigneur, son fils unique,
Jésus oh! Christ Seigneur, doux agneau sans réplique,
Fils du père qui pris sur toi nos lourds péchés,
Pitié, toi qui portas sur toi nos fautes lourdes,
Ne ferme pas ton cœur à nos prières sourdes,
Toi qui règnes aux cieux, que tes yeux soient touchés.
Toi seul es le très saint et toi seul es le maître,
Toi seul es le Très Haut, Jésus qui voulus naître,
Toi seul avec le Père, avec le Saint Esprit.
Gloire à Dieu dans le ciel, paix aux hommes sur terre
De bonne volonté, et de franche manière,
Je te loue et bénis et t'aime, Jésus-Christ.

Amen, répond l'enfant, et la cloche sourit.

8

VI.

LA BONNE NOUVELLE.

Dans le commencement était une parole,
La parole chez Dieu elle-même étant Dieu,
C'était ainsi parmi le ciel dans le saint lieu,
Dans le commencement était une parole.

Chaque chose créée eut sa création,
Le fut par la parole et le fut par le verbe,
De lui sourdait la vie et la lumière en gerbe,
Chaque chose créée eut sa création.

De lui sourdait la vie, et la vie est lumière,
La lumière pour l'homme en son ombre éclata,
Mais l'ombre de son ombre épaisse l'écarta.
De lui sourdait la vie, et la vie est lumière.

Un homme était venu de Dieu même envoyé.
Et son nom était Jean, témoin de la lumière,
Pour en donner l'espoir, la nouvelle première.
Un homme était venu de Dieu même envoyé.

Lumière il n'était point, mais seul il l'avait vue,
Il venait raconter, tous devaient croire en lui,
La lumière, aussitôt qu'un homme croit, a lui.
Lumière il n'était point, mais seul il l'avait vue.

Le verbe sur la terre était parmi les siens,
Le monde qu'il créa ne veut point le connaître,
Et tous le reniaient, le Dieu qui vient de naître.
Le verbe sur la terre était parmi les siens.

Mais ceux qui l'ont connu, c'est Dieu, Dieu qui les
                                        [sème,
Ceux qui croient en son nom deviennent ses enfants,
La chair ne les fit point, ni le désir des sens,
Mais ceux qui l'ont connu, c'est Dieu, Dieu qui les sème.

Le verbe devint chair, il demeura chez nous,
Plein de la vérité, plein d'amour et de grâce
Et de gloire ; jamais cette gloire ne passe,
Le verbe devint chair, il demeura chez nous.

Amen, répond l'enfant priant sur ses genoux.

VII.

LA CROYANCE.

Je crois en un seul Dieu le père tout puissant,
Celui qui fit la terre avec le ciel naissant,
Et la chose invisible, et la chair et le sang.

Je crois en Jésus-Christ le seul qui sera maître,
Le fils, le seul que Dieu fit sourdre de son être,
Qui du Père éternel avant les temps dut naître.

Lumière de lumière, et Dieu tiré de Dieu,
Engendré, point créé, le Père en son milieu,
Il a fait de sa main le temps, l'être et le lieu.

Il descendit du ciel pour l'homme sur la terre,
Et l'Esprit l'incarna dans la vierge sa mère,
Il devint homme, il est un homme par mystère.

Et pour nous sous Pilate il est mort sur la croix,
Il souffrit, de la vie il a porté le poids,
Il fut enseveli pour des jours comptés, trois.

Puis il ressuscita, dit la Sainte Écriture,
Il monta dans le ciel en humaine nature,
A la droite du père il est assis et dure.

Et dans sa gloire un jour il doit encor venir,
Pour juger les vivants, des morts se souvenir,
Et son règne jamais ne pourra plus finir.

Je crois à l'Esprit Saint, Seigneur donnant la vie,
Avec le Père, avec le Fils, l'Esprit se lie,
Ensemble je l'adore et je le glorifie.

Par les prophètes saints jadis il a parlé,
Et comme la colombe il descendit ailé
Sur Jésus qui l'avait de son cœur appelé.

Je crois même à l'Église avec ses saints, ses saintes,
Je confesse un baptème où les âmes sont teintes,
La résurrection des morts remplis de craintes.

Amen, répond l'enfant, tournant les heures peintes.

VIII.

L'OFFRANDE.

Je t'offre, Seigneur, mon cœur et mon âme,
Mon sang et ma chair avec tous mes sens,
Et de mon foyer la petite flamme,
Je te les apporte, ils sont innocents.

J'ai lavé mes mains comme font les justes,
Afin d'approcher de ton pur autel,
Et de contempler tes blancheurs augustes,
J'aimais la beauté du temple immortel.

J'aimais le lieu saint qu'habite ta gloire,
Et le tabernacle et le firmament,
Ne perds pas mon âme avide de croire
Chez l'homme mauvais qui ruse et qui ment,

Chez l'homme de sang qui fait l'injustice
D'une main, de l'autre accepte les dons,
J'ai toujours marché dans le sacrifice,
Échangé l'affront avec mes pardons,

J'ai marché le long de ta rude voie,
Seigneur, il est temps de me secourir,
Je t'offre mes pleurs et mon peu de joie,
Et si tu les prends, je pourrai mourir.

Je t'offre, Seigneur, meilleur que moi-même,
Que tous les pécheurs et que tous les saints,
Je t'offre ton fils, ton seul fils qui t'aime,
Je l'offre en hostie entre mes deux mains.

Je l'offre pour tous, pour la bonne terre,
D'où tu nous as pris, qui nous reprendra,
Pour les grands troupeaux, le loup solitaire,
Et pour les agneaux qu'il dévorera.

Pour les fleurs, les fruits, la feuille, pour l'herbe,
L'insecte invisible au-dessous qui dort,
Le grain du sillon, l'épi de la gerbe,
La lune d'argent et le soleil d'or.

Je l'offre pour l'homme enfin, pour la femme,
Pour celui dont l'âme ou le cœur se fend,
Pour celle qui tombe en la chair infâme,
Et pour le plus faible aussi, pour l'enfant,

Pour ceux de qui l'ombre autour de nous pleure,
Pour tous les vivants devenus des morts,
Pour celui qui souffre attendant qu'il meure,
Pour ceux qui n'ont pas pu devenir forts.

Et je l'offre enfin, Seigneur, pour moi-même,
Moi qui n'eus jamais d'amour ni de nids,
Ni le fruit qu'on cueille ou le grain qu'on sème.
Je l'offre pour tous ; accepte et bénis.

Amen, répond l'enfant, ces murmures finis.

IX.

LE TRÈS SAINT.

Dans les cieux ont tremblé l'Ange
Et les Dominations,
Les Séraphins en phalange,
Les Vertus en visions,
Les Puissances et l'Archange,
Et parmi l'azur qui change,
Le tonnerre et sa louange,
Les célestes nations.

Chacun étendant son aile,
Inmobile en son essor,
Attend la voix éternelle
Qui du grand silence sort.
Le haut des cieux étincelle,
La vie en torrents ruisselle,
Et la voix parle, c'est celle
Qui réveille de la mort.

Alors l'ange chante, chante
Comme des milliers d'oiseaux,
D'une note plus touchante,
Comme en berçant des berceaux,

Comme une chanson marchante,
Comme une chanson cherchante,
Vive et forte, et douce et lente,
De torrents et de ruisseaux.

Saint, Saint, Saint le Dieu des armées,
Le soleil est plein de sa gloire,
Toutes les terres sont semées
De ses pas et de sa victoire.

Hosannah ! en haut du zénith,
Hosannah ! jusque dans l'enfer,
La victoire est au sein du nid,
La victoire est au fond du fer.

Béni soit celui qu'il envoie
Le Seigneur de sa main bénie,
Hosannah ! la douleur est joie,
Toute la tristesse est finie.

Amen, répond l'enfant, dans la grande harmonie.

X.

L'ÉLÉVATION.

Soudain le grande cloche entière retentit,
Son argent sonne clair et son bronze brondit,
Un grand événement passe dans sa volée,
Et la cloche est vibrante et la cloche est ailée,
Et ses chants ont des sons doux et mystérieux,
Comme s'ils revenaient avec elle des cieux.
Elle fit long silence écoutant la prière
A voix basse, attendant le moment du mystère,
Mais voici que du pain l'homme va devenir,
Du vin sourdre le sang, Dieu lui-même venir ;
Alors en éprouvant une approche divine,
Elle sent son battant battre dans sa poitrine.

―――――

C'était la veille, avant sa dernière souffrance,
La veille de ce jour où Jésus doit mourir,
Il a dans un festin, du bonheur apparence,
Appelé ses amis, point pour le secourir,
      Mais pour se souvenir.

Judas est près de lui, mais Jean qu'il aime est proche,
Les convives heureux l'entourent de leur cœur,
C'est Pâques, l'on entend les cymbales, la cloche,
C'est le jour du triomphe où le Juif fut vainqueur,
          Où Pharaon eut peur.

C'est le souper divin, le souper de la cène,
Ils sont treize, chacun a les yeux sur un seul.
Le regard de Jésus attendri se promène,
De la crèche à la croix, de la paille au linceul,
          David est son aïeul.

Il a de ses sermons redit la parabole,
Révélé quelques mots des mystères des cieux,
Vanté la pauvre veuve apportant son obole,
Maudit le riche avide et l'avaricieux,
          Il a béni les gueux.

Il a tout pardonné à Sainte Madeleine,
Livré ses pieds divins aux pleurs du repentir,
La salle de tendresse et de prière est pleine,
Il sait que pour la mort c'est l'heure de partir.
          Il est temps d'avertir.

C'est le dessert de Dieu quand vient la coupe amère,
Le malheur doit s'asseoir au milieu du festin,
Un moment il s'attriste, il pensait à sa mère,
Puis il veut accomplir jusqu'au bout le destin,
      Sa tristesse s'éteint.

Il a reçu le pain de sa main vénérable,
Il élève ses yeux lentement vers le ciel,
Vers le Dieu tout puissant, Dieu le père adorable,
Il rend grâce et bénit le pain substantiel,
      Le pain, l'essentiel.

Il le rompt, il le donne aux siens, il les regarde,
« Prenez, dit-il, mangez ; car ce pain, c'est mon corps. »
Il a dit…. A répondre aucun ne se hasarde,
Autrefois ils l'ont vu ressusciter les morts,
      Disant : « debout, tu dors ? »

De même quand la cène est enfin terminée,
Il a pris une coupe, et de son doigt puissant
Il rend grâce, il bénit, et la coupe est donnée.
« Prenez, dit-il, buvez, car ce vin c'est mon sang,
      Le sang de l'innocent.

De la foi désormais ce sera le mystère,
Le calice du sang du nouveau testament,
Pour l'oubli des péchés mon sang couvre la terre,
Quand vous ferez ce que je fais en ce moment,
Souvenez-vous vraiment. »

Et depuis ils ont dit ce que dit la parole.
Sa main de siècle en siècle encore les conduit,
Et le vin les ranime et le pain les console,
Car le vin c'est son sang, et le pain aujourd'hui
C'est son corps et c'est lui.

Et depuis il habite en notre tabernacle,
Où nous le retrouvons afin d'y recourir,
Pour nos humbles bonheurs comme pour son miracle,
Pour pouvoir des chagrins, pouvoir des maux guérir,
Aussi pour bien mourir.

Seigneur, change cette eau, Seigneur, change ce vin
En ton corps, en ton sang, en ton intime essence,
Le mystère est humain, le miracle est divin,
Descends, car je le veux ; descends, car je le pense.

Oui, moi débile humain, j'ai droit de commander,
Je t'arrache du ciel, je t'afflige peut-être,
Mais l'homme va périr si tu ne viens l'aider,
Tu dois pour nous sauver, Jésus, encor renaître.

J'ai reçu le pouvoir de remuer les cieux,
De dominer celui qui domine les mondes,
Si je lève mon doigt, si je lève les yeux,
Il apparaît soudain dans les clartés profondes.

Que je sois prêtre saint, que je sois criminel,
Il ne peut échapper aux forces de mon verbe,
Il descend malgré lui, cesse d'être éternel,
Comme le soleil vient à l'appel du brin d'herbe

Un seul mot me suffit ; quand Jésus expira,
Le sol tremblant jeta les vivants hors de terre ;
Quand, le monde fini, Jésus reparaîtra,
Ils ressusciteront de la même manière.

Mais quand il apparaît dans l'église en ce jour,
Nul n'aura pu le voir, nul n'aura pu l'entendre,
Il faut plus que la foi, il faut aussi l'amour,
Il faut avoir un cœur qui puisse le comprendre,

Il faut savoir le craindre, il faut savoir l'aimer
Pour rencontrer ses yeux et sa lèvre invisible.
Jésus, pardonne-moi si j'ose encor former
Ton sang, ton corps divin de substance impossible

Pardonne si je fais sortir du sein de Dieu,
Pour souffrir comme nous, être insulté peut-être,
Celui qui met ses pieds sur l'azur du ciel bleu ;
Pardonne en ce moment, pardonne au pauvre prêtre.

Ceci c'est mon corps, ceci c'est mon sang,
Mon corps et mon sang sont dans le calice,
Ceci c'est mon corps, ceci c'est mon sang.

Celui qui me boit et mange ma chair,
Il vivra toujours au ciel de délice,
Celui qui me boit et mange ma chair.

Ah ! celui qui boit, mange indignement,
Pauvre âme, il vaudrait mieux n'être pas née,
Ah ! celui qui boit, mange, indignement !

Un homme commande, hé bien ! me voici.
Le Père le veut, c'est la destinée,
Un homme commande, hé bien ! me voici.

Il me faut encor naître chaque jour,
Moi le tout puissant, moi le redoutable,
Il me faut encor naître chaque jour,

L'homme chaque jour peut me profaner,
Il peut s'approcher impur de la table,
L'homme chaque jour peut me profaner.

Le prêtre m'enferme en une prison.
La prison d'amour, la prison de grâce,
Le prêtre m'enferme en une prison.

Ma divinité règne à l'horizon,
Mais le fils de l'homme est avec sa race,
Ma divinité règne à l'horizon,

Ah ! ce n'était pas assez de mourir !
Encor sur la terre il me faut revivre,
Ah ! ce n'était assez de mourir !

Sous le vin, le pain, je reste caché,
De peur que Judas encor ne me livre,
Sous le vin, le pain, je reste caché !

Amen, répond l'enfant jusqu'à terre penché,

XI.

LE PÈRE.

Notre père qui vis et règnes dans les cieux,
Que ton nom soit béni, soit bon, soit gracieux ;
Que ton règne nous vienne, et ta volonté sainte
Qu'elle soit faite au ciel et sur terre sans plainte.
Donne nous aujourd'hui le pain de chaque jour,
Pardonne notre offense, ainsi qu'à notre tour
Nous pardonnons à ceux qui nous firent l'offense,
Mais ne nous laisse pas sans force ni défense
A la tentation succomber lentement,
Délivre-nous du mal, Seigneur.

                          Amen — Vraiment.

XII.

L'AGNEAU.

Agneau de Dieu qui prends les péchés de ce monde
Si lourds, pour les porter sur ta blanche toison,
Agneau plein de douceur et de bonté profonde,
Toi qui donnes ta laine en la froide saison,
Pitié, nous n'avons plus d'agneau dans la maison.

Agneau de Dieu qui prends les péchés de la terre
Si lourds, pour les porter ensemble sur ton cœur,
Toi qu'on n'entend jamais se plaindre, mais se taire,
Pitié, le loup arrive insultant et moqueur,
L'agneau, c'est l'agneau seul qui doit être vainqueur.

Agneau de Dieu qui prends le mal et la misère
Si lourds, pour les porter ensemble sur ton front,
Ah ! la douleur me prend, l'injustice me serre,
Et par dessus il faut encor souffrir l'affront,
Pitié pour les vivants, les morts, ceux qui mourront.

XIII.

NON SUM DIGNUS.

Seigneur, je ne suis pas digne de ton entrée
Sous mon toit de pécheur, en ma pauvre maison,
Dis un mot seulement, mon âme enamourée
Refleurira soudain en pleine floraison.

Seigneur, je ne suis pas digne de ta venue
Sur ma bouche et ma lèvre où tu veux reposer,
Dis un mot seulement, la parole inconnue,
La parole de Dieu, descend comme un baiser.

Seigneur, je ne suis pas digne que tu pénètres
Mon sang avec ton sang, ma chair avec ta chair,
Dis un mot seulement au plus humble des prêtres,
Il te verra soudain comme on voit sous l'éclair.

XIV.

L'UNION.

Le cœur mis sur le cœur, la lèvre sur la lèvre,
Bientôt le cœur s'en va, la bouche aussi se sèvre.

Le baiser de la mère aura quitté l'enfant,
Le baiser de l'amante aura lassé l'amant.

Les yeux plongeant aux yeux de toute leur lumière
Auront bientôt perdu de leur flamme première.

Et la main se détend que retenait la main,
Et les pas loin des pas s'en vont dans leur chemin.

L'oubli recouvre tout bien avant la mort blême,
Et l'homme n'est heureux qu'un moment, lorsqu'il
                                        [aime.

Il aime de son âme, il aime de son corps,
De son cœur quelquefois, rarement sans remords.

Alors l'instant humain prend la teinte divine,
Mais ce n'est qu'un éclair qui soudain l'illumine.

Ah ! cet éclair unique a si vive lueur
Que tout n'est que parfum et chaleur et couleur.

Chaque parole est bonne et chaque chose est douce,
L'émotion est fraîche et lente comme mousse.

Et l'homme et la femme ont, par le Seigneur unis,
La saison de la fleur avant celle des nids.

Ils se sont attardés au moment ineffable
Plus vieux que la légende et meilleur que la fable,

Les voilà dans les temps lointains à l'âge d'or
Où le cœur réveillait naïf le cœur qui dort,

Où la chair dans la chair était l'âme dans l'âme,
Où le ciel se trouvait tout entier dans la femme,

Où l'on aimait enfin comme on aima jadis,
Quand Eve fleurissait en fleur du Paradis.

Rien ne peut les blesser, rien ne peut les distraire
Le vent de l'Aquilon les rapproche au contraire.

Et le froid de l'hiver et l'ardeur de l'été
Passent inaperçus parmi leur volupté.

Il ne se disent rien, ils ne peuvent rien dire,
Mais leur cœur et leurs sens, leur souffle, tout conspire.

Avant que d'être l'un à l'autre ils soient lassés,
Il faudrait que la mort les eût désenlacés.

Ils ont tout suspendu, leurs pleurs et leurs sourire,
L'un par son désir sait ce que l'autre désire.

Leur chair coule en leur chair, leur sang coule en leur
                                                  [sang,
Il n'est point d'impudeur dans l'élan ravissant.

C'est la communion de l'homme et de la femme
Où l'amour de leur corps monte enfin dans leur âme ;

Et l'amante est l'épouse et l'amant est l'époux,
Et Dieu, s'il n'était Dieu, serait un Dieu jaloux.

Mais il est Dieu, l'amour il voulut le connaître,
Venant jusqu'en nos cœurs nous l'aimerons peut-être.

C'est la communion possible au Dieu très pur ;
Il descend invisible enveloppé d'azur.

De ses yeux il éteint l'inaltérable flamme,
Il supprime son corps, il tempère son âme.

Il laisse dans sa lèvre un souffle plus subtil
Que celui de la fleur de l'arthère au pistil.

Il cache de son front l'humaine chevelure,
Et l'immobilité divine est son allure.

Ou n'entend sous l'hostie hélas ! point battre un cœur ;
Plus l'amour est caché, plus l'amour est vainqueur.

Il semble être du pain sous son azyme blanche,
Il semble être du vin généreux qui s'épanche.

Il garde la couleur, il a gardé le goût,
Et dans chaque parcelle il se conserve tout.

Le voile impénétrable est un voile très chaste,
A l'amour éternel il est un froid contraste.

Il se colle à la lèvre, au cœur même il descend.
Le plus immaculé l'y renferme et l'y sent.

C'est l'intime union où l'âme entre dans l'âme
Et plus profondément que l'homme dans la femme.

Le divin est humain, l'humain devient divin,
Ainsi que Christ de Dieu naissant homme devint.

Le ciel intérieur infinement rayonne,
Il est dans la poitrine où le Seigneur se donne.

Nous n'avons plus besoin de regarder les cieux,
C'est au dedans de nous qu'il faut tourner nos yeux,

C'est au dedans de nous qu'il faut pencher l'oreille,
Le bien aimé nous parle et nous dit sa merveille.

Il ne faut lui rien dire, il suffit d'écouter,
De sentir notre cœur en lui se dilater.

Il sait ce qui nous manque, il sait ce que nous sommes,
Et de quelle poussière il a formé les hommes.

Si vous vous souvenez quelquefois de ce jour,
Vous avez sa pitié, vous aurez son amour.....

Or, quelque temps son âme à la grande âme unie,
Le prêtre radieux humblement communie.....

Et le prêtre rend grâce, et la messe est finie.....

Et la cloche répond par quelques sons perlés,
Et les petits oiseaux se sont tous envolés.

TABLE

—

LE POÈME DE LA CLOCHE

I. LES CLOCHERS

II. LES CLOCHES

III. LES SONNERIES

AUTRES OUVRAGES LITTÉRAIRES

DU MÊME AUTEUR.

Hommes et singes (poésies).

Jeanne d'Arc (poème).

Bretonnes et Françaises (poésies).

Les rythmes (poésies).

Les formes (poésies).

Le poème de la Cloche (poème).

De la Césure.

Du mode mineur dans le rythme.

De l'évolution actuelle et future de la rythmique et de l'esthétique en poésie.

Essai de rythmique comparée.

EN PRÉPARATION

Les sensations (poésies).

Les sentiments (poésies).

Les pensées (poésies).

Les étrangères (poésies).

De l'allitération.

De l'assonance et de la rime.

Des unités rythmiques supérieures aux vers.

Psychique de la poésie.

De la classification des arts, de la littérature et des sciences.

Rythmiques séparées des diverses nations civilisées :

I. Rythmique romane, y compris la rythmique française. — II. Rythmiques latine et gréco-latine. — III. Rythmique celtique. — IV. Rythmique germanique et linéaments de rythmique slave. — V. rythmique védique et sanscrite.— VI. Rythmique des nations musulmanes. — VII. Rythmique chinoise. — VIII. Rythmiques incomplètement connues.

Louvain. — Typ. Lefever.

www.ingramcontent.com/pod-product-compliance
Lightning Source LLC
Chambersburg PA
CBHW051151260626
47170CB00005B/2060